KB004625

더 잘하고
싶어서,
더 잘 살고
싶어서

더 잘하고
싶어서,
더 잘 살고
싶어서

양 경 민

(글 토 크)

지　　음

빅피시
BIG FISH

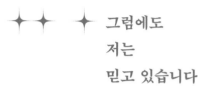 그럼에도
저는
믿고 있습니다

잘할 수 있고, 잘 살 수 있을 것 같다가도
예상치 못한 시련에 수없이 무너졌습니다.

불필요한 감정들로 가장 소중한 '나'를
자책하고, 방관하며 잃어가기도 했습니다.

단지 더 잘하고 싶었고, 더 잘 살고 싶었을 뿐인데
삶은 생각보다 냉혹해서
내 편이 아닐 때가 더 많았습니다.

어쩌면 이 책을 든 당신도 남모를 아픔을 품은 채
무던히도 애쓰며 살아가고 있을지도 모르겠습니다.

매일 반복되는 하루와 변하지 않는 삶이
때론 답답하고 밉기도 했을 겁니다.

그래서 꼭 전하고 싶었습니다.

당신만이 아니라, 나도 그렇게 살아가고 있다고,
악착같이 이렇게 살아내고 있다고
말해주고 싶었습니다.

삶에는 늘 빛과 그림자가 존재하듯
다 좋을 수도 다 나쁠 수도 없겠죠.

하지만 확실한 건,

모든 것은 결국 변한다는 겁니다.

우리의 삶 또한 분명 괜찮아질 것이며,
당장 보이진 않겠지만, 행복의 크기 또한
점점 커지고 있음을 잊지 말아야 합니다.

저는 운명을 믿습니다.
저는 기적을 믿습니다.
무엇보다 저는, 당신을 믿습니다.

저의 진심이 부디 당신에게 운명으로 다가가
당신의 삶에 작은 기적이 되길 바라봅니다.

오늘도 여전히 소중한,
당신에게.

PART 1

불안하고 걱정이
많은 밤을
지나는 당신에게

흔들리지 않도록 마음을 단단히 붙잡아주는 말

당신은
아직
===== # 살아 있다

아무리 애를 써도 넘을 수 없는 큰 벽 하나가

나를 삼킬 듯이 가로막고 서 있는 듯한 순간이 있다.

도망치고 싶어도 도망칠 수 없고,

아무리 숨을 쉬어도 숨이 막히는,

그런 순간.

지금 나에게 일어난 일들을

어떻게든 해결하려 해도 답이 없는

그런 순간들이 있다.

무섭고, 겁이 나고,

지금의 일들이

끝나지 않을 것만 같은

두려운 생각밖에 떠오르지 않는

힘든 순간들.

알고 있다.

지금은 그 어떠한 위로도

그 어떤 동기부여도 되어주지 못한다는 걸.

지금 이 순간만큼은 이 세상 그 누구보다

내가 제일 힘들고 제일 아프고

가장 불쌍한 사람일 테니까.

하지만 이 말만은 꼭 기억해주길 바란다.

당신은 아직 살아 있다.

아직 수많은 기회가 있을 것이고
수많은 기적 또한 있을 것이다.

니체가 말했듯
"당신을 죽이지 못하는 고통은
당신을 분명 더욱 강하게 만들 것"이다.
혹여나 무너지는 일이 있더라도
그대는 반드시 다시 시작할 수 있다.

그러니 조금만 더 버티자.
조금만 더 믿어보자.

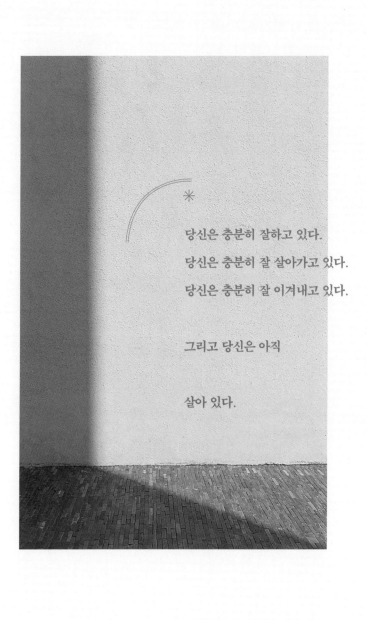

당신은 충분히 잘하고 있다.

당신은 충분히 잘 살아가고 있다.

당신은 충분히 잘 이겨내고 있다.

그리고 당신은 아직

살아 있다.

자꾸만
불안감이
═══════ 몰려올 때

산산조각이 나면
산산조각을 얻을 수 있지.
산산조각이 나면
산산조각으로 살아갈 수 있지.

어느 날 우연히 인스타그램을 보다가 만나게 된 문구이다.
이 글을 읽으면서 난 너무나도 큰 위로를 받았고
지금도 힘들 때면 늘 가슴속에서 먼저 꺼내보게 되는
소중한 주문 같은 글이다.

생각해보면 그때 나는

매우 나약해지고 있는 시기였다.

하루하루 우울했고 부정적인 생각에 휩싸여 있었다.

매번 도망치고 싶었지만, 그럴 수 없는 상황들에

또다시 좌절하기도 했다.

그러다가 우연히 만나게 된 글이

"산산조각으로 살아갈 수 있지"였다.

가끔 내가 이루고자 하는 목표들이

의심스러울 때가 있다.

이러다가 망하면 어쩌지?

실패하면 어떻게 살아야 할까?

몇 년, 몇십 년 동안 공들여서 해왔던 나의 일들이

한순간에 사라져버리면 나는 어디에 서 있어야 하고

도대체 무엇을 해야 할까?

이런 수많은 의심이
이따금 찾아와 괴롭게 하는 순간이 있다.

이 감정은 아무리 시간이 흘러도
없어지거나 크게 달라지지 않을 것이다.

매사에 당당하고 자신감 넘치던 사람일지라도
좌절하고 때론 무너지고 부서진다.
그러니 애써 걱정을 미리 하진 말자.

아무리 부서지고 조각난다 해도
내가 사라지지 않는 한
언제든지 다시 시작할 수 있다는 것을
잊어서는 안 된다.

산산조각이 나면 어떤가,
그땐 그냥 산산조각으로 살아가면 되지.

과거의 내가
지금의
———— 나는 아니다

누구에게나 적어도 하나쯤은 숨기고 싶은 비밀이 있다.

그 비밀의 크기는 콩만 하게 작을 수도 있고,

지구만큼 클 수도 있다.

웃길 수도 있고, 부끄러울 수도 있다.

아무도 모르고 자신만이 아는 그런 비밀들,

그 숨기고 싶은 비밀이 있음으로 인해 우리는

지난 과거의 일들을 후회하며 힘들게 살아가고 있다.

나 또한 과거에 휩쓸려 빠져나오지 못하는

순간들이 있었다.

그러던 어느 날, 과거에 계속 빠져

현재를 버리며 살아가기엔

인생이 너무 불쌍하다는 생각이 들었다.

어떻게 해야 이 지긋지긋한 후회 속에서

빠져나올 수 있을지 고민하고 고뇌하다 보니,

정답을 만났다고는 할 수 없을지라도

과거에 묶여 있던 끈이 조금씩 풀리기 시작했다.

그건 바로,

자신을 그냥 있는 그대로 인정하는 것이다.

이 말은 즉 나한테 일어나고 있는 일들,

내가 후회했던 일들,

지금 나에게 닥친 모든 상황을 있는 그대로

인정하는 것이다.

예전엔 나도 나 자신을 인정하는 방법을 잘 몰랐다.
지금도 썩 완벽하진 않다.

그때의 나는 항상 방어적이었고,
내가 잘못한 일에도 내 잘못이 아닌
다른 이유가 있을 거라고 자기 합리화하기 급급했다.
그게 본능일 수도 있겠지만,
사실 오히려 그 순간을 회피하기 위한
나쁜 습관이었을 뿐이었다.

그 순간은 잠시 회피할 수 있겠지만,
혼자 덩그러니 있는 시간이 많아질수록
자괴감의 파급력은 점점 커져서
나를 더욱더 짓누를 뿐이었다.

애써 부정적인 생각을 피하려고만 하다 보면
어김없이 다시 안 좋은 생각이 떠오르고

결국, 제자리걸음으로 하루를 보내게 된다.

그래서 난 나 자신을 있는 그대로 인정하기로 했다.

우리가 과거를 인정하기 어려운 이유는 단순하다.

혹시 누군가 알면 어떡하지?

혹여나 내가 아는 지인이나 친구들이

내가 정말 숨기고 싶은 과거를 알아버릴까 봐

과거를 인정하기가 쉽지 않은 것이다.

아무도 몰랐으면 하는 나의 과거들을

'혹시 누군가 알면 어쩌지'라는 불안 때문에

더 힘들고 괴로워지는 경우가 많다.

누구에게나 말하고 싶지 않은 비밀이

적어도 하나 정도는 무조건 있을 것이다.

더 나아가 그 비밀을 죽을 때까지 품고서

아무도 모르게 생을 마감하는 사람들도 분명히 있다.

지금 나는 숨기고 싶은 비밀을 억지로 말해야지만
인생이 편해진다는 말을 하려는 게 아니다.
"이 세상에 비밀은 없어!"라는
진부한 이야기를 하려는 것 또한 아니다.

말하기 싫은 비밀이라는 것은
오늘 당장도 생길 수 있기에
그것에 대해 말하든 안 하든 그건 자유고 선택일 뿐이다.

남들에게 군이 지금의 내 모습이 아닌
예전의 부족했던 내 모습을
억지로 말하지 않아도 괜찮다는 거다.

그건 자신의 선택이고 자유니까.
이미 지난 일이고, 지금의 내가 과거와 똑같이

행동하는 사람이 아니라면

과거는 이미 죽은 것과 다름없다.

우리는 살아가면서 정말 많은 일을 겪는다.
그중 누군가는 과거를 통째로 바꾸고 싶을 만큼
후회 속에서 살아가는 사람도 있을 테고
또 누군가는 별일 아닌 작은 일임에도
그 기억 때문에 삶을 힘겹게 살아갈 수도 있다.

그러니 지금부터 이렇게 생각했으면 한다.

'맞아, 나는 예전에 그런 사람이었어.
수많은 실수와 잘못들로 후회하며
나 자신을 깎아내렸어.

하지만 그때의 후회들로 인해

나는 예전의 나보다 훨씬 더 단단해졌고
그 순간들로 인해 오히려 다른 사람들에게
더 좋은 사람으로 살아갈 수 있게 되었어'라고.
그래서 지금의 내가 될 수 있었다고.

삶에는 늘 등가교환이 존재한다.
비록 과거를 후회하면서 힘든 나날을 보내고
괴로워하는 순간이 있었다 하더라도, 그 후
계속 후회되는 삶을 살지 않도록 큰 깨달음을 얻었고
오히려 더 성숙하게 살아갈 수 있게 되었다면
그것만으로도 참 감사한 일이지 않을까.

지금의 나를 믿고, 힘든 일이나 감정들이 생길 때
이 또한 지나갈 거고, 결국 나를 더 강하게
만들 뿐이라고 생각하길 바란다.

＊

·

지금 이 순간을 절대 의심하지 말고
그냥 오늘만,
오늘을 어떻게 살지 그것만 생각하자.

걱정이
자꾸만 마음을
어지럽힌다면

쓰레기 같은 걱정들이

머릿속에서 마구마구 자라날 때마다

마음속으로 외치는 주문이 생겼다.

'쓸데없는 시간 낭비만 하다

억울한 죽음은 맞이하지 말자.'

아직 일어나지 않은 일,

아니면, 벌써 일어나버린 일,

내가 신이 아닌 이상 바꿀 수 없는 일,

이런 것들은 아무리 걱정을 한들 변하지 않는다.

그만큼 쓸데없는 걱정일 뿐이다.

걱정을 억지로 해결하려 하지 말자.
해결될 거면 벌써 되고도 남았으니.

우리가 살아가는 데 바꿀 수 있는 걱정은
단지 4퍼센트밖에 되지 않는다고 한다.
그만큼 쓸데없는 걱정으로
소중한 현재를 버리며 우린 살아가고 있다.

아무리 피하려 해도 일어날 일은 일어난다.
아무리 애를 써도 일어나지 않을 일은,

절대 일어나지 않는다.

지금을
후회 없이
====== 보내는 방법

5월이었나.

어느 날부터 소화가 안 되었고 상복부 팽만 증상 때문에

위내시경을 받은 적이 있다. 검사를 마치고

담당 선생님께 만성위염이라는 소견을 들었다.

2주 동안 약을 먹었고 2주가 지났음에도

크게 좋아진다는 느낌이 들지 않았다.

혹시나 해서 나의 상태를 인터넷에 검색해보니

대부분의 사람이 큰 병일 수도 있으니 다른 검사를

해보라고 권유하는 글이 많았다.

친절한 답변들이었지만 기분은 나아지지 않았다.

아무래도 불안해서 다시 병원을 찾았고

그렇게 또 진찰을 받았다.

선생님은 대장 내시경을 권유하셨고,

며칠 있다 대장 내시경 예약을 완료했다.

검사까지 일주일 정도의 시간이 있었는데

그 일주일의 시간이 살면서 손에 꼽을 만큼

인생을 다시 한 번 돌아보게 되는 시간이었다.

눈을 감으면, 엄청난 생각의 파도가 덮쳐왔다.

증상은 호전되지 않은 상태였고,

누군가는 큰 병을 의심하고,

거기에 담당의는 또 다른 제안을 하셨기 때문이다.

조금 겁이 났다.

'아니겠지?' 하다가도 '만약에 혹시?'라는 생각 때문에
점심을 먹는 순간에도 늘 걱정에 빠져 있었다.

사실 내가 가장 무서웠던 건
이제 인생이 좀 재미있어지기 시작했고,
부모님께 효도라는 것을 하고 있었기 때문이다.
무엇보다 아직 이루지 못한 것들, 하고 싶은 일들이
너무 많이 남아 있다는 게 그것이 가장 무서웠다.

어쩌면 내가 정말 행복하려는 순간
'삶이 끝날 수도 있겠구나'라는 생각이
갑자기 말도 안 되게 머릿속을 빙빙 맴돌았고

그 찰나 나도 모르게 인생을 되돌아보게 되었다.

결론부터 말하자면 감사하게도 큰 이상은 없었다.
약을 먹으면서 식단 관리만 잘하면

큰일은 일어나지 않는 상태였다.

하지만 내 삶에는 아주 큰 변화가 생겼다.

하고 싶은 게 있으면 무리하지 않는 선에서

조금씩이라도 바로 시작하기로 했다.

더 이상은 눈치 보지 않고

지금 할 수 있다면 바로 행동으로 보여주자고 약속했다.

누구나 죽기 전에는 알람이 울리지 않는다.

우리 열심히 살기 위해 가장 소중한 것을 잊지는 말자.

열심히 산다는 게 나쁜 건 아니지만,

누구보다 자신이 먼저이고

건강이 최고임을 잊지 말자는 거다.

인생에서 가장 행복할 때 그 순간 아무것도 할 수 없다면

그보다 억울한 게 어디 있을까.

나중은 없다. 그게 누구이든

현재의 당신이 결국 마지막 순간의 당신일 뿐이다.

우리의 마지막 순간에는,

알람이 울리지 않는다.

마음이
무너질 때면
======= 언제든

가끔은 져도 괜찮다.

사람한테 져도 되고
세상에 져도 된다.

힘들 때 이겨내려 애쓰지 않아도 되고
자존심이 상한다고 억울해하지 않아도 된다.

나도 수없이 져왔지만
삶은 크게 달라지지 않았다.
오히려 더 나아갈 수 있는 힘만 생길 뿐.

계속 이겨나간다면 좋겠지만, 우린 기계가 아니다.

그렇기에 당신은 언제든 질 수도 있다.

져도 괜찮다. 울어도 괜찮다.

마음이 무너질 때면 언제든,

그래도 괜찮다.

져도 괜찮아.

완벽한
인생은
═══ 없다

완벽한 인생은 없다.

후회 없는 인생도 없다.

우린 누구나 불완전하며,

늘 후회 속에서 살아간다.

다만, 작더라도 그 안에서 깨달음을 얻을 뿐이며

그렇게 다시 새롭게 시작할 뿐이다.

그러니까 이렇게 살아가면 어떨까.

＊

갈 수 있을 만큼만 우리 나아가자.
할 수 있을 만큼만 우리 노력하자.

아프고 나서 모든 걸 잃기 전에

딱 그만큼만
우리 살아가자.

회사가 나를
숨 막히게
할 때

성인이 된 후부터 나의 장래희망은 늘 변함이 없었다.
'퇴사' 딱 하나였다.

퇴사를 망설인 이유가 참으로 많았지만,
그중에서도 가장 큰 비중을 차지했던 건
월급이라는 애증의 존재와 사랑하는 부모님이었다.

당장 빠져나가야 할 돈, 앞으로 지내는 데 필요한 생활비가
점차 부족해질 것이고
곤궁해질 경제적 사정은 내 미래의 가능성까지
옴짝달싹 못 하게 묶어버릴 것만 같았다.

무엇보다 부모님의 걱정스러운 눈빛, 한숨도
두려웠다.

이처럼 개개인마다 퇴사를 망설이는 이유는
가지각색일 것이기에 퇴사를 함부로 말하긴 어렵지만
만약 현재 이런 상황이라면 퇴사를 생각해보길 바란다.

매일 회사 때문에 너무 힘들고, 스트레스 받고
저녁에 잠들 때, 아침에 눈을 떴을 때,
회사에 가기 두렵고, 숨 막히는 삶을 살고 있다면

만약에 그렇다면, 퇴사하는 것이 옳다.
사람이 숨은 쉬어야 하니까.

죽을 것같이 힘든데 꾸역꾸역 회사를 다닌다고,
갑자기 인생의 큰 반전은 일어나지 않는다.
오히려 그렇게 숨 막히게 살다가 어느 순간,

모든 걸 잃을 수도 있다.

"준비 없는 퇴사는 지옥이다"라는 말이 있다.

틀린 말은 아니다. 맞는 말이고,

나 또한 그런 시기가 있었기에 깊게 공감한다.

하지만 나의 또 다른 경험으로는

퇴사를 해보지 않고는

그 누구도 어떻게 될지 모른다는 거다.

처참한 지옥이 될지,

말도 안 되게 희망찬 천국이 될지 아무도 모른다.

내가 어디까지 걸을 수 있는 사람인지,

무엇까지 해낼 수 있는 사람인지도

현실의 벽을 넘어보기 전까지 누구도 알 수 없다.

때로는 늘 걷던 길이 아닌,
조금은 헤매더라도 또 다른 길을 통해
전혀 몰랐던 새로운 행복을 만날 수 있다는 것을
기억하길 바란다.

퇴사는 도망치는 것이 아니다.
또 다른 도전을 하는 것일 뿐이다.

사는 재미가
아무것도 없다는
————— 당신에게

지금 인생에서 재미있는 게 하나도 없다고,
도대체 어떻게 해야 하느냐고 물어본다면
나의 대답은 하나다.

재미없으면 그냥, 재미없이 지내야 한다.
그렇게 현재 나의 본능에 충실하면 된다.

재미없는 삶을 억지로 해결해보려 하면 할수록
더 뒤죽박죽되면서 오히려 스트레스만 쌓일 뿐이다.

그래서 때로는 그날의 일과를 본능에 맡긴다.

그날 내가 의무적으로 해야만 하는 일들이

아닌 이상은 아무것도 하기 싫으면

아무것도 하지 않는다.

갑자기 나가고 싶으면 나가고

나가고 싶지 않으면 안 나간다.

보고 싶은 것이 있으면 보고

먹고 싶은 것이 있으면 먹고

사고 싶은 것이 있으면 사 버린다.

말 그대로 본능에 충실하게 살아가는 거다.

놀라운 건 계속 재미없이 본능에만 충실히 살다 보면

나도 모르는 사이에

또 바보처럼 무언가 하고 싶은 일이 생긴다.

그리고 그 일에 빠지고 집중하다 보면,

어느 순간 다시 인생이 즐거워진다.

이런 감정, 이런 시기들이 반복되는 건

또 다른 나의 재능을 찾기 위한

아주 당연하고 너무 감사한 과정이라 생각한다.

계절이 바뀌듯 누구나 한 번씩

자연스럽게 겪는 시기일 뿐이다.

인생이 무의미하게 느껴지거나,

사는 게 너무 재미없게 느껴진다면,

이렇게 한번 생각해보자.

나에게 또 다른 행복과 새로운 재미가 찾아오기 전에

조금이라도 휴식을 가지라는

내 몸이 보내는 신호일 뿐이라고.

삶에는 때론 복잡하고 재미없는 순간들이 찾아온다.

그럴 땐 몸이 움직이는 대로 머리가 생각하는 대로

그냥 본능적으로,

나의 본능에 맡겨 살아보자.

시간은
누구에게나
공평하게 흐른다

일생의 계획은 젊은 시절에 달려 있고,

한 해의 계획은 봄에 있고,

하루의 계획은 아침에 달려 있다.

젊어서 배우지 않으면 늙어서 아는 것이 없고,

봄에 밭을 갈지 않으면 가을에 바랄 것이 없으며,

아침에 일어나지 않으면

아무것도 한 일이 없게 된다.

처음 본 순간부터 너무 좋아서

메모해둔 공자의 말이다.

이 말처럼 누구에게나 시작점은 같고,

누구에게나 기회는 생긴다.

얼마나 준비하고 도전하느냐에 따라서 달라지겠지만.

아무런 준비 없이 멀뚱히 있는다면

그 기회는 놓칠 수밖에 없다.

성공한 사람들의 인터뷰를 보면 다들 입이라도 맞춘 듯

"나는 운이 좋았다"라고 한다.

틀린 말은 아니다. 운이 분명 좋았을 거다.

하지만 우리가 간과하고 있는 것이 있다.

그들에게 노력이란,

밥을 먹듯 당연하다는 것.

기회가 오면 놓치지 않기 위해

항시 대비하고 준비하는 삶을 살아간다는 거다.

무언가 희생하지 않으면

새로운 무언가를 얻을 수 없다.

나도 마찬가지일 거라 생각한다.

영상을 만들지 않고 글을 쓰지 않는다면

나를 찾는 사람들은 줄어들 것이고,

내게 기대했던 사람들 또한 떠나갈 것이다.

수많은 기회와 행운들도 놓치게 될 것이다.

우리가 노력한 만큼 기회는 생기고,

얼마나 준비되었느냐에 따라 그 기회와 운의 크기도

비례할 수밖에 없다.

시간은 지금도 흘러가고 있다.

누구에게나 늘 공평하게.

유연한
생각이
===== # 필요한 순간

정호승 시인의 '나무에 대하여'라는 시에는
굽은 나무의 유연한 강인함에 대한 이야기가 나온다.

고집스럽게 곧게 선 나무와 달리
굽은 나무는 고통의 무게를 견딜 줄 알기에
자신의 그림자가 구부러지는 것을 싫어하지 않고,
그런 굽은 나무에 함박눈도 더 많이 쌓이고
그늘도 곧은 나무보다 굽은 나무에 더 그늘져
잠들고 싶은 사람들이나 새들도
더 많이 찾는다는 것이다.

삶에서도 때로는 유연하게 굽혀야 하는 순간이 있다.
한때 옳다고 생각해서 한 말도 정답이 아닐 수 있고,
바른 행동이라며 나선 일도
나중에 보면 성급한 태도로 결론 날 수도 있다.

스스로 뱉은 말을 무조건 지키려고 하는 순간
우리 인생은 힘들어진다.
뱉은 말에 책임을 지지 말라는 게 아니라
단지 내가 약속했던 그리고 목표로 했던 것이
살다 보면 어느 순간 달라질 수도 있다는 거다.

신입 사원 시절, 회사에 취직하고
처음부터 회사가 너무 잘 맞아 상사에게 이렇게 말했다.

"저는 무조건 이 회사에서 승진하고
과장님과 함께 성장해 나가고 싶습니다."

완전 포부 있게 끝까지 함께할 것처럼 말해버렸다.

그 순간만큼은 정말 진심이었을 테니까.

하지만

1년도 지나지 않아 내가 생각했던 것과

너무 다른 회사의 모습을 발견했고,

더 이상 성장할 수 있는 가능성이 보이지 않았으며,

그렇게 점점 나와 맞지 않는 회사가 되어버리니

재미도 없고, 결국 지치고 힘들어졌다.

이렇게 되면 우린 퇴사를 생각하게 된다.

하지만 변수는 예전에 자신이 뱉었던 말 때문에

쉽게 퇴사하기가 어려워진다는 거다.

갑자기 퇴사한다고 말하면

왠지 속물 같고, 겉만 번지르르하게 말만 앞서는

그런 사람으로 낙인찍힐까 봐 겁이 나고 무서워

다니기 싫은 회사를 억지로 다니게 된다.

이렇게 되는 순간 내게 올 새로운 좋은 기회를

찾지도, 갖지도 못하고 모두 놓쳐버릴 수도 있다.

아무리 생각해도 이 길은 아닌 것 같은데,

예전에 뱉은 그 한마디 때문에

황금 같은 시간이 흐르고 흘러서 나도 모르는 사이에

나의 삶을 스스로 합리화해버리는 순간이 온다.

회사에 이도 저도 아니게 적응해버리게 되고

맞지 않는 그곳에서 계속 일하게 되는 것이다.

자신의 말을 지키는 태도는 좋다.

당연히 책임지고 멋지게 지켜낸다면 너무 좋겠지만

때로는 자신의 말을 거두어들이는 용기도 필요하다.

그러니 자책도 혐오도 할 필요는 없다.

우리는 아직 완벽하지 않으며

경험을 통해 항상 배워나가고 있는

첫 생의 인간일 뿐이다.

생각은 시시각각 변화한다.

하루하루 무언가 겪을 때마다 우린 성장하고 달라진다.

그렇기에 우리의 생각들은 언제든지

바뀔 수도 있는 거다.

정답은 없다.

곧은 나무에도 굽은 가지가 있다.

이 말을 참 좋아한다.

하고 싶은 게 있고 새로운 것에 도전하고 싶다면,
그때가 바로 유연한 생각과 태도를 가질 때다.

무궁무진한 당신의 삶 앞에 기회가 생겼다면
그 순간 그 기회를 절대 놓치지 않기를.

⬤ ✳

m w m
mass we made
mess we made

잠깐
운이
━━━━━ 없었을 뿐

갑자기 밀려오는 속상함에 나 자신이

초라해질 때가 있다.

'왜 나만'이라는 말이 목 끝까지 차오르지만,

인정하기 싫어 입 밖으로 꺼내지 않고 삼키기를

여러 번 반복했다. '잘되겠지'라는 긍정도 가끔은

희망 고문이 아닌가 의심되기도 한다.

방법은 없다.

이런 감정에서 단숨에 빠져나올 수 있는

신비한 묘약 같은 건 존재하지 않는다.

나를 위해, 당신을 위해 작은 위로를 건네자면
당신만이 아닌 누구나 그럴 수 있다는 거다.

속상하고 초라하고 내 삶이 증오스러울 때가
나만이 아닌 누구에게나 찾아온다는 거다.

그 누구도 완벽하게 살아갈 수 없다.

그러니 너무 외로워하지도
속상해하지도 않기를 바라본다.

당신이 부족하거나 틀려서가 아니라
그냥 조금 운이 없었을 뿐이다.

단지 그것뿐인 거다.

봄이 와야만
꽃이 피는 것은
_____ 아니다

봄이 와야만 꽃이 피는 것은 아니다.

겨울이 된다고 모든 꽃이 지는 것도 아니다.

모든 것에는 때가 있고, 시기가 있다.

조금만 더 버티자.

조금만 더 이겨내보자.

고단하고 아프고 너무 힘들겠지만,

당신은 이겨낼 것이고 분명 지나갈 것이다.

지금의 고통이 당신의 인생에 큰 전환점이 될 것이며

누군가에게 큰 위로가 되어줄 것이다.

포기하지 말자.

끝까지 살아보자.

장담컨대 당신은 분명,

아주 아름다운 꽃을 피울 것이다.

나는 나를 버리지 않기로 했다.

그 어떤 상황이 온다 해도
나만은 절대,

나를 버리지 않기로 했다.

오직 지금,
지금밖엔
———— 없으니까

실패를 아주 많이 했다.

그럴 때마다 너무 부끄러웠고 항상 도망치고 싶었다.

애써 아닌 척, 태연한 척,

그리고 힘들지 않은 척을 했다.

사실 난 태연하지 않았고, 많이 힘들었으며

누군가에게 매달려 울고 싶을 정도로

모든 것을 포기하고 싶었다.

하지만 막상 넘치는 나의 감정을 애써 억누르며

살아가다 보니 지나간 것에 걱정을 가지는

나의 모습이 너무 초라해 보였다.

지나간 것에 걱정을 품는 순간
사실 현재의 행복은 지나쳐버린다.

무엇이 어찌 되었든 우린 지금을 살아가고 있다.
그러니 이 순간에 최선을 다해야만 한다.
지금 감사해야 하며, 지금 다시 시작해야 한다.

그리고 무엇보다
지금, 당신을 믿어야 한다.

멘탈이
무너질 때
━━━━━ 기억해야 하는 말

마음은 눈 깜짝할 사이에 무너진다.

사람 때문에 멘탈이 흔들리는 경우도 있고,

시험에 떨어졌을 때, 그리고 면접 준비를 하거나,

직장에서 갑자기 비난받았을 때도 마음은 무너진다.

나도 예외는 아니다. 나의 멘탈은 수시로 무너졌고

파괴될 때가 너무나 많았다. 하지만 다행히

좌절에도 익숙해진 덕분에 이젠 무너지는 횟수를

조금은 줄일 수 있는 방법을 터득하게 되었다.

난 마음이 무너질 때면

어떻게든 정신을 잡고 살아가야 할
가장 첫 번째 이유가 무엇인지를 떠올려본다.

매 순간 그 이유와 목표가 달라지긴 하겠지만,
분명히 우리에게는 간절한 목표가 있었을 거다.

그게 무엇이든 분명 하나 정도는 무조건 있다.

지금 이렇게 노력하면서
살아가고 있는 이유.

좋은 대학이 될 수도 있고,
나의 사랑하는 가족들이 될 수도 있다.

미래에 대한 투자가 될 수도 있고,
그냥 나 자신을 위함일 수도 있다.

그렇기에 내가 시작한 그리고
살아가야 할 의미를 찾아야 한다는 거다.

머리가 복잡하고
마음이 잡히지 않을 때 항상 내뱉는 말이 있다.

"이 순간이 삶의 운명을 바꾸는
결정적 순간일 수도 있다고."

힘든 일들은 언제나 예고 없이 슬그머니 찾아오기에
별도리 없이 깨지고 박살 나게 되는 경우가 종종 있다.
그렇기 때문에 나에게 무슨 일이든
항상 일어날 수도 있다는 것을 인지하고 있어야 한다.

'나는 아닐 거야'가 아니라
'나도 그럴 수 있어'라는 생각을 하면서
자신과 계속해서 대화하는 습관을 길러야 한다.

걱정거리를 억지로 만들라는 말이 아니라
무슨 일이든지 받아들일 수 있는 마음가짐을
가지자는 말이다.

우리가 살아가면서 걱정을 하든 안 하든,

일어날 일은 분명 일어나고
일어나지 않을 일은 절대 일어나지 않는다.

지금 나에게 일어난 일은 분명
내 인생에서 꼭 필요한 이유가 있을 거다.
무슨 일이 일어나든지 그것을 어떻게든
내 인생에 있어 꼭 필요한 존재로 만들어야 한다.

마음이 무너진 이 순간을
역전의 계기로 삼아야 한다.

지금 당장 극복하기는 힘들겠지만,

시간이 걸리더라도 나를

무너지게 했던 상황들이 결국은

나의 인생을 단단하게, 더 성장하게 만들어준다는 것을

의심 없이 믿어야 한다.

일어날 일은 일어나게 되어 있다.

그리고 일어나지 않을 일은 절대 일어나지 않을 것이다.

힘든 일들은 우리를 기다려주지 않기에

예고 없이 깨지고 박살 나게 되는 경우가 종종 있다.

그렇기 때문에 나에게 무슨 일이든

항상 일어날 수도 있다는 것을 인지하고 있어야 한다.

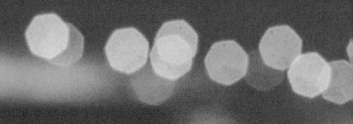

'나는 아닐 거야'가 아니라
'나도 그럴 수 있어'라는 생각을 하면서
자신과 계속해서 대화하는 습관을 길러야 한다.

뒤처지는 것 같아
조바심이
난다면

잘하고 있어. 지금도 충분히 너무 잘하고 있어.
그러니까 너무 조바심 내지 마, 괜찮아.

누가 뭐라고 해도 너무 잘하고 있으니까
아무 걱정 말고 지금처럼 하면 돼.

실수, 그거 좀 하면 어때.
이 지구에 처음 태어나 이리저리 부딪치며
실수하고 후회하는 거지.
그런 것 신경 쓰지 말고 지금만 생각해.

지금 너무 잘하고 있잖아,

정말 애쓰고 있잖아.

그럼 된 거야. 충분히 잘하고 있는 거야.

네가 가장 잘 알고 있잖아.

누구보다 열심히 살아가고 있는 거.

잘살아보려 진짜 노력하며 지내고 있는 거.

혹여나 아무도 몰라주더라도 괜찮아.

네가 알고 있으면 그걸로 된 거야.

그리고 나도 알고 있어, 너 잘하고 있는 거.

그러니까 괜찮아, 진짜 괜찮아.

너 너무 잘해왔고

지금도 잘하고 있어.

그리고 앞으로는 더 잘할 거고,

인생 힘들어봤자 결국 다 지나가고

결국 네가 다 이길 수 있어.

그 정도 충분히 할 수 있어.

과거는 이제 끝났으니까 우리 지금만 생각하자.

나도 끝까지 기도하고 응원할게.

진심으로 너무 잘하고 있어.

그리고 만약,

잘 못하고 있는 것 같아도

지나고 보면 너는 결국 잘해냈다는 걸 알게 될 거야.

결과는
선택할 수
없는 것

셀 수 없을 만큼 수많은 선택을 하며 살아왔다.
매 순간이 선택의 연속이었고, 하루에도 수십 번씩
각기 다른 선택의 순간들을 살아가고 있다.

때론 바보 같은 선택으로 후회하기도 하며,
가끔은 놀라울 정도로 완벽한 선택으로 인해
삶에 아주 큰 빛이 비치기도 했다.

아마 당신에게도 매 순간 크고 작은 선택들이
기다리고 있을 거다. 아주 악랄할 수도 있고,
세상에서 가장 행복한 것일 수도 있다.

하지만 그 선택은 결국,

당신이 한다는 것에는 변함이 없다.

선택의 갈림길에서 나 또한 억울한 일들이 많았다.

내 잘못이 아니라 우기며 다른 이를 탓하기도 했다.

하지만 돌이켜보니 죽기 전까지 모든 순간이

결국은 나의 선택으로 이루어지는 것이었다.

내가 결정하고, 내가 판단한다.

그리고 내가 후회하는 거다.

우리는 더 이상 한탄만 하는 삶을 살아서는 안 된다.

스무 살이 넘은 성인이라면 환경 탓이라는 프레임도,

이젠 방어막이 될 순 없다.

핑계 대지 말자.

누구의 탓도 아닌 단지 그 순간의 선택이

조금 빗나갔을 뿐이라 생각하자. 그리고 받아들이자.
아무리 억울해도 어차피 살아가야 하니까.

우린 수많은 선택을 하며 산다.
그 선택의 결과는 오직 신만이 알 수 있다.
결과의 끝은 우리가 선택할 수 없다.

다만 분명한 건,
지금까지 겪은 이 모든 시행착오가
앞으로 해야 할 선택들에 있어
당신의 안목을 높여줄 것이다.

그러니 다시 나아가보자.
다시 시작해보자.

길을 잃는다는 것은

곧 길을 알게 된다는 것이다.

길은 언제나

걷는 자의 것이 된다.

_아프리카 속담 중에서

당신은
운이 너무 좋은
━━━━ 사람입니다

당신은 잘 살아갈 것이며,

모든 것이 잘될 것입니다.

당신에게는 엄청난 잠재력이 있습니다.

그 잠재력이 이제부터

조금씩 폭발하기 시작할 것입니다.

오늘부터 당신이 계획했던 모든 것들이

놀랍게도 하나씩 이루어질 것입니다.

그러니 너무 놀라지 마세요.

당신은 운이 너무 좋은 사람입니다.
너무 좋아서 뭘 하든 될 사람입니다.

당신이 원하는 모든 것을
당신은 누릴 수 있습니다.
충분히 그럴 자격이 있습니다.

요즘 너무 많이 힘들었겠지만, 괜찮습니다.
앞으로 당신이 힘들고 싶어도
힘들 수 없습니다.
매 순간 행복으로 가득 찰 것이기 때문입니다.

당신은 누군가에게
아주 큰 힘이 되어줄 위대한 사람입니다.
그렇게 사람들은 당신을 믿고 신뢰하게 됩니다.

앞으로 돈에 관하여 걱정하는 순간들이

줄어들기 시작합니다. 이제부터 당신 삶으로
풍요가 자연스럽게 흘러 들어오고 있습니다.

당신은 건강합니다.
당신뿐만 아니라 당신이 사랑하는 모든 사람까지
건강하고 행복할 것입니다.

오늘부터 당신의 삶에 큰 변화가 일어날 것입니다.

그리고 무엇보다
당신의 모든 순간이 다 잘될 것입니다.

PART 2

오직 지금,
지금밖엔
없으니까

＊
●

나를 앞으로 더 나아가게 하는 작은 습관

어떻게
살아야 할지
===== 모르겠다면

어떻게든 살아가고는 있지만,

도대체 어떻게 살아야 하는지는 모르겠다.

답답한 순간들이 너무 자주 찾아왔고

하루하루 지쳐 있는 나 자신을 마주하게 되었다.

하지만 모든 것은 익숙해진다고,

어느 순간부터 이런 답답함마저도 익숙해져 버렸다.

어떻게 살아야 할지 지금도 당연히 잘 모르겠지만,

한 가지 깨달은 것이 있다면,

지금 이런 답답한 기분들은

머지않아 분명 끝이 난다는 것이다.

그러니 조금만 버티자.

온갖 어떤 일들이 일어나도, 결국은 끝이 있으니까.

결국엔, 사라질 테니까.

웃고 추억하게 될 그 순간을 위해

그 한순간을 위해 오늘도 고되지만

설레며 살아가본다.

하고 싶지 않은
일을
한다는 것

"일은 추울 때 따뜻하고
더울 때 시원한 곳에서 해야 한다."

이 말과는 반대로 나는 추울 때 너무 춥고,
더울 때 너무 더운 주차관리 일을 1년 동안 했다.

솔직히 말하면 남의 시선이 두려웠다.

서른다섯 살에 주차 아르바이트를 한다는 것이
당연히 잘못된 일은 아니지만
혹시 나를 아는 누군가와 마주친다면

조금은 부끄러울 것 같다는 생각이 들었다.

다행히도 내가 하고 싶은 일을 위해서는

인생을 빠르게 전개해야 하는 탓에

그것들을 따지는 그 시간도 나에게는 사치였다.

시간에 쫓기다 보니 부끄러움은 그리 오래가지 않았다.

그렇다. 내가 주차관리 일을 선택한 가장 큰 이유는

바로 '시간' 때문이었다.

점심시간을 제외한 근무시간이

아침 9시부터 약 4시간 정도였기에

찾고 찾던 가장 완벽한 업무시간이라

일절 고민도 없이 선택하게 되었다.

그렇게 4시간의 주차관리 일이 끝나면

집에 와 씻고 조금 쉬다가

곧장 유튜브에 관한 작업을 하기에도
완벽한 직장이었다.

사실 또 다른 큰 이유가 있었다.
바로 업무의 연장선이 없는 직장이라는 점이었다.

퇴근을 하고 나면 내가 하고 싶은 일에만
오롯이 집중하고 싶었고 그렇게 해야
더 확실히 나의 꿈을 키울 수 있다는
판단이 들었기 때문이다.

솔직히 힘들고, 외롭고, 재미있지도 않았다.
코로나로 인해 여름에도 마스크를 끼는
대참사가 일어났고
잘못하고도 사과 한마디 없이 사라지는 사람과
나를 무시하는 이들도 많았다.

이렇게 욕을 먹으면서까지
하고 싶지 않은 일을 했던 이유는

하고 싶은 일을 하기 위해
꼭 필요한 일이었기 때문이다.

직업에 귀천은 없다.
적어도 난 그렇게 생각한다.

무슨 일을 하든 결국 자신이 힘들게 선택한 일이다.
분명 그 순간은 자신이 할 수 있는
최고의 선택이었을 거다.

그렇기에 나도 후회나 미련 따윈 없다.
앞으로도 그렇게 살아가는 사람이 되고 싶다.

나도 실패가 두렵고 후회로 눈물지을까 무섭기도 하다.

하지만 아직 아무 일도 일어나지 않았고
시작되지도 않았다.

그래서 그냥,
실패나 후회는 나중에 생각하기로 했다.

＊

누군가 말했다.

미치도록 하고 싶은 일을 찾을 것이 아니라

지금 미쳐 있는 걸 당장 하라고.

인생이 마음대로
굴러가지 않는
날에는

인생이 때론 도형 같다는 생각을 자주 하곤 한다.

어느 날은 아주 잘 굴러가는 동그라미 같다가도

또 어느 날은 무언가에 계속 걸리고 굴러가지도 않는

네모의 삶이 되기도 한다.

이런 날이 반복되는 것을 보면

그 누구에게도 정해진 삶은 없는 것 같다.

지금은 동그라미의 삶으로 살아가더라도

어느 시점부터 이리저리 부딪치고 깎여나가다 보면

네모가 되고 세모가 된다.

그렇게 또 답답하고 풀리지 않는 순간이 오게 되는 거다.

힘듦이 반복되면 세상이 미워지고
신 따위는 없다고 부정하게 된다.
나름 천주교 신자인데 죄송하게도
나 또한 그런 날들이 많았다.

하지만 앞서 말했듯 누구에게도 정해진 삶은 없다.

지금 당신의 삶이 비관적이고
생각대로 움직여지지 않더라도
절대 조바심내지 않길 바란다.

당신의 현재가 시원하게 풀리지 않는 이유는 단지,
동그라미가 되어가고 있는 과정이기 때문일 뿐이다.

곧 모든 것이 잘 굴러가는 순간이 찾아올 거다.

그러니 걱정할 것 없다.

지금은 조금 더디고 느리더라도
그 느림의 미학이
분명 당신을 웃음 짓게 만들거라 확신한다.

아무것도
해내지 못할 것
같다고 느껴질 때

지금까지 나는 많은 도전을 했다.

실패도 무수히 많이 했다.

처참히 무너지는 상황도 많았고

계속되는 실패에 좌절하고

'과연 잘할 수 있을까?' 의심이 들기도 수백 번이었다.

그럴 때마다 마음이 아프고 힘들었지만,

내가 좋아하고 잘하는 게 도전밖에 없었고,

그것이 나를 움직이는 원동력이었기에 아무리

실패를 만나더라도 멈출 수가 없었다.

좌절 속에서 지내다 보니 어느새 면역이 생겨버렸고
나의 정신도 점차 성장하며,
보이지 않던 자그마한 해결책 또한 보이기 시작했다.

'단기간에 승부를 보려 해서는 절대 안 된다는 것.'

우린 때론 무너질 거고,
포기해야 할 이유를 찾으려 들 것이다.
도저히 안 된다고 투정 부릴 것이며
남의 성공을 질투하고 나 자신을 아주 나약한 존재로
여길 수도 있다.

하지만 우리가 가장 크게 성장하는 순간은
무너지고 포기하려 할 때
박차고 다시 일어서는 순간이다.

그러니 단기간에 성공하려는 마음은

잠시 내려두어야 한다.

실패는 누구나 한다. 조급해하지 말자.

실패와 성공은 가족이기에 붙어 있을 수밖에 없다.

실패가 반복되는 건 당연한 이치인 거다.

하지만 성공도 분명, 당신과 아주 가까이 있다는 것을

잊어서는 안 된다.

포기하고 뒤돌아서려는 순간,

그 순간에 성공은 당신의 코앞에 와 있는지도 모른다.

안 되는 이유를 찾으려 하지 말고,
악착같이 내가 해야 할 이유를 찾아보자.

단기간에 승부를 보려는 행동은
자칫 도박과도 같을 수 있다는 것을 명심하길.

나라는
존재의
———— 가치

나를 대신해 살아갈 사람은 아무도 없다.

모든 순간이 나의 선택이며,
그 선택에 대한 책임 또한 오롯이 나의 몫이다.
그러니 누군가의 헛소리에 절대 흔들려서는 안된다.

나의 가치는 태어나 죽는 순간까지
오직 '나' 자신만이 평가하고 정할 수 있다는 것을

절대 잊지 말기를.

당신은
진정
─────── 간절한가

간절한 목표 하나 두고,

그것만을 위해 살아가는 순간이 있다.

큰 문제 없이 무탈하게 완주한다면 너무 좋겠지만

알다시피 세상은 그렇게 관대하지 않다.

무엇보다 우리의 마음 또한,

늘 평온한 상태를 유지하기가 힘들다.

하나의 목표를 이룬다는 게

편의점 가듯 쉬운 일이 아니기에

우린 매번 무기력해지고 쉽게 게을러진다.

그러다 보면 자신감은 한없이 작아지고,
간절했던 목표는 어느 순간 '이 정도면 됐어' 하는
자기 합리화에 이르기도 한다.

그럴 때면 자신에게 묻는다.

'정말 간절한 게 맞는가?
억지 간절함으로 나를 속이고 있는 건 아닌가?'

우린 대부분 간절하다면서
최선을 다하지 않을 때가 많다.
수많은 유혹에 빠져
그 간절함을 상실하는 경우도 많이 봐왔다.

만약 당신이 큰 병에 걸렸고,
그것의 치료법이 하루에 10킬로씩 걷는 거라고 한다면
당신은 어떤 선택을 하겠는가?

능력과 실력 그리고 결과,

이 시작과 끝은 결국 간절함에서 온다.

우린 간절함을 믿어야 한다.

지금은 비록 게으르기 짝이 없는 삶일지라도

그 간절함 하나가 당신의 삶을 뒤바꿀 것이다.

당신에게도 묻고 싶다.

당신은 진정 간절한가?

딱 한 번만
더
해보자

하루에도 몇 번씩 포기하고 싶을 때가 있다.

그럴 때마다 나에게 묻는다.

결국 다시 시작하지 않을까?

결국 또 포기한 걸 후회하지 않을까?

그러니 그냥 한 번만 더 해보자고,

일단 해보자고.

견디고 버티다 보니, 오긴 오더라.
절대 오지 않을 것 같았던
살 만한 하루가

오긴 오더라.

돈 때문에
사는 게
힘겨울 때

인정하기 싫었다. 돈이 세상에서 최고라는 이야기를.

괜한 자존심에 나는 남들과 다를 거라고 생각했고,

혼자만의 환상에 빠져 당장 돈이 없어도

미래를 그려나갈 수 있을 거라

심하게 착각하던 시절이 있었다.

하지만 현실은 냉혹했고

돈이 없으니 미래를 그려나가기는커녕

현재를 버티기도 힘들었다.

현실과 정면으로 부딪치고 나니 불행 중 다행인지
나는 그 순간 큰 결심을 하게 되었다.

아무리 내가 좋아하고 하고 싶은 일을 한다 해도
"돈 못 벌어도 행복해요"라는
그런 헛된 말은 이젠 함부로 하지 않기로 결심했다.

나도 안다.

돈이 인생의 전부는 아니며
모든 행복을 만들어주는 건 아니라는 것을.
그런데 난 다른 진실 또한 알아버렸다.

돈이 없으면 결국엔
행복도 슬픔에 갉아먹히고 만다는 것을.
그래서 나는 그냥 인정하기로 했다.
더 이상 객기 부리지 않고

나의 부족함을, 나의 자존심을 내려놓기로 했다.

아직은 돈이 나보다 위에 있음을
그냥 인정하기로 했다.

지금 나는 "돈이 세상에서 최고야" 하는 말을
하려는 것이 아니다.
다만 내가 근거 없는 환상 속에 빠져 보니
삶을 망쳐버리기에 충분히 깊고 무서운 생각이라는 것을
알아버렸고 그래서 당신도 혹시
잘못된 신념과 환상에 빠져 허우적대고 있다면
당장 현실로 빠져나오는 노력을 해야 된다는 것이다.

부족하면 채워야 하고
넘친다면 비워내야 한다.
세상 가장 쓸데없는 자존심 때문에
나의 부족함을 애써 숨기려 들지 말자.

나도 인정하긴 싫었지만
오히려 현실을 받아들이고 인정함으로써
내 삶의 목표가 확실해졌고
자신감 또한 빠르게 차오르기 시작했다.

난 돈 때문에 흔들리는 인생을 살아가고 있다.
그렇다, 인정한다.

하지만 그로 인해서 오히려 더 열심히 살게 되었고
더 많은 것을 배웠다.
무엇보다 많은 일에 도전하며 살아가고 있다.

어쩌면 이 돈이라는 것이
지금의 나를 더 강하게 만들어주고 있는 건 아닐까.
거침없이 생각해봤다.

우린 돈 때문에 흔들리고 약해질 수 있다.

하지만 적어도 나의 감정이 무너지지 않도록

이성을 잃지 말고 현실을 받아들이자.

그리고 최선을 다해 노력해보자.

그렇게 우리 같이 꼭 잘 살아보았으면 한다.

돌파구는
다음이 아닌 지금,
여기에 있다

아직 일어나지 않은 미래를 걱정하는 건
피어나고 있는 현재를 짓밟는 일이다.

언제까지 걱정만 하고 살 것인가.

일어나지도 않은 미래에 대한 걱정으로
도대체 언제까지, 아무것도 하지 않은 채
당신의 소중한 현재를 짓밟을 것인가.

지금을 살아가자.

너무나 아름답게 꽃피울 수 있는 현재를
이제는 더 이상 짓밟지 말자.

되돌아갈 수도, 예측할 수도 없는 것이 인생이라지만
앞으로 일어날 무한한 행복을 우린 믿어야 한다.

다음이 아닌 지금을 살아야 한다.

✳

당신은 아름다운 꽃을 피울 수 있다.
현재를 미루지 않는다면 그 어떤 꽃들보다
활짝 피울 수 있을 거다.

과거의 당신이 곧 현재의 결과이며,
현재의 당신이 곧 미래의 결과가 될 것이므로.

유난히
일이
===== 안 풀리는 날에는

하늘의 장난 같은 일들이 반복되는 하루가 있다.

내가 원하는 대로, 계획한 대로 절대

이루어지지 않는 그런 날.

마치 누군가 나를 조정하고 있는 듯한

그런 날. 하지만 다들 알 거다.

이 모든 하루는 나로 인해 시작된 것이고,

나로 인해 마무리될 거라는 것을.

짜증 나고 분하겠지만 누구의 탓도 아니라는 사실을.

절대 잊지 않았으면 좋겠다.

그 어떤 하루도,
의미 없거나 쓸모없는 하루는 없다는 것.
아무리 별로인 하루도 결국은

당신 삶의 쓸모가 될 거라는 것.

노력의
방향이
═════ 중요한 이유

카네기는 이렇게 말했다.

"끊임없이 실수를 되풀이하는 이유는
노력의 방향이 늘 한곳으로만 향해 있기 때문이다."

실수나 실패는 누구나 할 수 있다.
하지만 그것이 반복되고 나아가지 못한다면
현재 노력의 방향을 한 번쯤 의심해볼 필요가 있다.

당신이 수없이 노력한들,
지금 가고자 하는 방향이 틀렸는데

목표 지점에 도착할 리가 없다.

노력의 방향이 잘못되었다는 것을 인지하지 못하고
반복한다면 출구 없는 미로 속에 갇히게 될 것이다.

목표를 포기하라는 것이 아니다.
단지 노력의 방향을 수정하자는 거다.

같은 방향의 노력이 아닌,
여러 개의 방향으로 노력하고 도전해보는 거다.

당신의 노력은 절대 배신하지 않을 것이다.
다만 잠시 길을 잃고 헤맬 뿐이다.

같은 실수가 되풀이되고 있는가?
그렇다면 당신이 나아가고 있는 그 노력의 방향을
오늘부터 과감히 수정해보길 바란다.

자신이 부족하다는 사실을 깨달은 것만으로

당신은 이미 인생의 절반은 성공한 것이다.

충분히, 잘하고 있다.

길을
잃은 것이
===== 아니다

갈 곳을 잃었다고들 말하곤 한다.

나도 그런 기분이 들 때면 무섭고 두렵기도 하다.

하지만 갈 곳을 잃었지 나아가지 못하는 건 아니다.

아무도 가보지 않았던 길을 간다는 건

때론 힘들고 많이 외로운 싸움이겠지만

그만큼 아무도 보지 못했던 풍경을

당신만은 보게 된다는 거다.

당신은 길을 잃은 것이 아니다.

단지,

지금 당신만의 길을 만들며 나아가고 있을 뿐이다.

그러니 길을 잃었다고 멈춰 서지 마라.

당신은 나아갈 수 있다.

길을 잃은 것이 아니라

새롭게 나아가지 않았을 뿐이다.

아무도 보지 못했던 풍경을

가장 먼저 볼 수 있는

최고의 기회일 뿐인 거다.

슬럼프를
극복하는
===== 방법

어느 날 슬럼프인 듯 아닌 듯 슬럼프가 왔다.

살짝 번아웃 같기도 하고 피로 누적 같기도 했다.

몇 주 전부터 갑자기 너무 무기력했고,

아무것도 하기 싫고 일에 대한

집중력도 떨어지기 시작했다.

솔직히 이런저런 이유를 만들면

지금 나의 상태에 대한

이유를 억지로는 들 수 있겠지만

막연히 계속 생각한다고

정확한 해결책이 나오지 않는다는 것을 잘 알고 있기에

그래서 더 답답했던 것 같다.

생각하고 생각하다 내린 결론은

'내가 너무 많이 지쳐 있구나'라는 것이었다.

나는 하고 싶은 게 너무 많았다.

그러면서 동시에 잘하고 싶다는 강박도 너무 강했다.

목표로 정했던 것들이

내가 생각했던 대로 이루어지지 않았고,

그것을 꼭 지켜야 한다는 압박감 또한 너무 컸던 것이다.

어떻게 보면 스스로 너무 과대평가했던 것 같기도 하고

그저 무작정 할 수 있다는 자신감이

오히려 나를 더 혹사시키고 있었던 것 같다.

그 기분을 말하자면,

나도 내가 누군지 모르는 상황이 되어버린

그런 느낌이 들었다.

정확하게 표현하자면, 착잡했다.

이런 기분이 들고도 내가 버틸 수 있는 것은,

이런 감정들이 곧 지나갈 거라는 것을 알기 때문이다.

지금은 눈앞이 아득해도,

분명 지나갈 것을 알기에 버틸 수 있는 거다.

슬럼프 또는 번아웃이 나를 괴롭힐 때면

항상 떠올리는 것들이 있다.

지금 하고 있는 일을 내가 왜 시작했는지,

무엇 때문에, 무엇을 위해, 도대체 무엇이 좋아서,

이런 일을 시작했는지를 떠올려본다.

그렇다고 갑자기 미친 듯이 힘이 솟는

일 따위는 절대 일어나진 않지만,

조금의 동기는 다시 생기게 된다.

혹시 지금 힘든 시기가 왔다면,

내가 해주고 싶은 말은 하나밖에 없다.

그냥 조금이라도 쉬었으면 좋겠다.

조금이라도 나만의 시간을 가졌으면 좋겠다.

굳이 모든 것을 이겨내려 하지 않았으면 한다.

그렇게 나 자신을 돌아보는 시간을

갖는 동안에 변화는 일어날 것이다.

힘들 때 좌절도 하고 한숨도 쉬면서

그렇게 어떻게든 건강하게만 버티다 보면

분명 예전의 당당하고 자신감 넘치던 모습으로

아니 어쩌면 더 건강하고 단단하게 변해 있는

자신을 곧 만나게 될 거다.

머지않은 시간에

곧.

당연한
행복은
===== # 없다

어떤 이의 행복을 보고

시기 질투하거나 부러워하지 말자.

단지 지나갔을 뿐

그에게도 불행이 없지는 않았을 테니까.

지금의 행복을 위해 그도 분명,

수백 번 넘어졌을 테니까.

좋아하는 게
싫어지던
날

일을 하다 갑자기 삶이 멈춰 있는 듯한 느낌이 들었다.

유튜브에 매주 영상을 올리고 열심히 지내고 있는데도

'무언가 내가 기계적으로 또는 의무적으로

일을 하고 있는 것은 아닌가?'라는 그런 느낌.

마음이 텅 비어버린 듯한 느낌이 들었다.

"네가 좋아하는 게 직업이 되는 순간

그 일이 싫어질 거야"라고 누군가 말했다.

그래서 그런가,

나도 영상으로 돈을 벌기 시작한 지 2년이 되었고

그러다 보니 콘텐츠에 대한 부담감이 커지고

매일 비슷한 일을 반복해나가면서
나도 모르는 사이 제자리에 멈춰버린 것은 아닐까.

그렇게 자신감 없이 무기력하게 있는 내 모습이
너무 싫어 무엇이든 해야겠다 싶었다.
그래서 무작정 손에 집히는 대로 책을 읽었는데
책의 제목이 또 신기하게도《시작의 기술》이었다.

우연이었을지 모르지만, 책을 펼쳐 읽는 순간
이런 내용이 나왔다.

편안하게 느끼는 것만 고수하고
늘 해오던 일만 한다면
사실상 당신은 과거에 멈춰 사는 셈이다.
그렇게 해서는 앞으로 나아갈 수 없다고 했다.

무엇보다 결정의 순간이 왔을 때

최선은 옳은 일을 하는 것이고,

차선은 틀린 일을 하는 것이라 했다.

그리고 최악은 '아무것도 하지 않는 것'이었다.

정말 그렇다.

지금 반복하고 있는 이 일이

인생의 어느 시점에서 어떻게 작용해

당신을 어떤 결과에 이르기 할지는 아무도 모른다.

다만 확실한 것은

문을 열고 집을 나서지 않는다면

새로운 장소로 갈 수 없을 것이고,

새로운 사람도 만날 수 없다는 사실이다.

권태로움을 이겨내고

오늘 작업한 결과물이

당신의 삶에 신선한 바람이 불게 하고

또 다른 방향의 문을 열어줄 수도 있다는 것.

이 모든 사실을 곱씹고 나니
멍했다. 숨고 싶었다.
세상 부끄럽기 시작했다.

생각해보니 나는 도전하는 걸 좋아하는 사람인데
요즘 들어서 너무 안전한 길만 찾고
편안하게 할 수 있는 것만 생각했던 것 같다.

무언가 시작하지 않고
똑같은 일과 행동을 반복하고 있으면서
행복을 기대하고, 두근거리는 열정을
기대하고 있었던 거다.

그렇게 뒤통수를 시원하게 맞고 난 뒤
다시 움직이기 시작했다.

적어도 최악을 벗어나기 위해

무엇에든 도전하고 싶어졌기 때문이다.

포기하더라도 새롭게 움직이고 싶었다.

그리고 하필이면 아인슈타인이 이런 말을 했다.

"어제와 똑같이 살면서 다른 미래를 기대하는 것은

정신병 초기 증세이다"라고.

부모와
함께할 시간은
_____ 길지 않다

오래전에 책 한 권을 읽었다.

귀여운 일러스트가 그려진 에세이였다.

그때 나는 책을 재미있게 읽어 나가다가

어느 페이지에서 갑자기

눈물이 멈출 수 없이 쏟아졌다.

내용은 이러했다.

어느 날 술을 드시고 들어온 아버지가 딸에게

"너는, 네가 하고 싶은 일을 하고 살아"라며 말한다.

평소에 절대 그렇게 말하는 아버지가 아니어서
딸은 처음에는 녹음까지 하면서 좋아하다가,
어느 순간 생각에 잠긴다.

'아버지는 젊었을 때 뭘 하고 살았을까?
아버지도 하고 싶은 일을 하고 사는 게
좋다는 것을 모르지는 않았을 텐데.'

내용은 짧았지만 내 머릿속은 갑자기 복잡해졌고,
마음이 시려왔다.

아버지도 분명 하고 싶은 일이
있었을 거라는 생각을 하니
지금까지 내 인생만 생각하면서 살아왔던 시간들이
죄송하고, 부끄러웠다.

돌이켜보면 아버지는 항상 새벽에 일어나서

일 나갈 준비를 하셨고, 나는 새벽까지 놀다 들어와서
잘 준비를 했었다.

아버지의 인생에는 아무 관심이 없었고,
오직 나, 내 인생, 내 지인들, 내 미래, 내 꿈.
오로지 '나'였다.

부끄러웠다, 나는 뭐 하는 놈인가 싶었다.
아버지도 분명 꿈이 있었을 텐데,
하고 싶은 것도 많았을 건데,

그때의 심정은 슬프다기보다는 후회스러웠고
가슴이 많이 시려왔다.

너무 내 인생만 생각해왔던 것 같아서,
그런 나의 인생을 아버지가 받쳐주기만 한 것 같다는
생각이 들어 너무 죄송했다.

자기성찰을 제대로 한 후

부모님 인생에 더 많이 신경 써야겠다는

생각이 들었다.

내가 살아갈 시간은 아직은 생각보다 길지만

부모님과 함께 보낼 시간은 이젠 생각보다

그리 길지 않다.

하지만 평생 간직할 예쁜 추억을 만들기엔

너무나도 충분한 시간이다.

'다음에'라는 말이 인생 최악의 단어가 되지 않도록

오늘부터 조금씩 노력해보자.

사랑 그거, 조금씩 표현해보자.

21세기,
가장 후회가 적은
───── 인물이 되기를

시작도 하지 않은 당신의 시작을

부정적으로 여기는 사람들이 분명 나타날 거다.

너무 늦었다며, 가능성이 없다며,

당신의 긍정에 부정을 마구 던지기 시작할 것이다.

망가지지도 않은 당신의 인생을,

마치 망가진 듯 고치려 드는 사람들에게

가끔은 큰 상처를 입게 될지도 모른다.

하지만 절대, 흔들리지 말자.

이럴 때일수록 더 과감히 밀고 나아가야 한다.

더 적극적으로 밀어붙이며 부정의 날들을
긍정으로 다시 바꿔나가야 한다.

레스 브라운이 말했듯 다른 사람의 의견이
당신의 현실이 될 필요는 없다.

남들이 원하는 삶은 중요하지 않다.
작은 목표이고, 작은 도전일지라도,
그것이 비록 실패로 끝나더라도 그 속에 의미가 있다면

당신은 이미 '의미 있는 삶'을 살아가고 있는 거다.

나는 당신이 자유로웠으면 한다.
완벽한 자유란 없겠지만
적어도 내 삶을 온전히 응원할 수 있는
그런 사람이 되었으면 좋겠다.

우리 즐겁게 살아가자.

나도 나 자신의 행복을 찾는 데 아직 많이 서툰 사람이라

즐거움의 정석은 잘 모르겠지만

그래도 한 가지 명확한 건, 지금 이 순간이

다시는 돌아오지 않는 삶을 살아가고 있다는 것.

당신의 삶보다 위대하고 소중한 건 없다.

그러니 조금 더 자유롭고 즐겁게 살아가도 된다.

21세기, 가장 후회가 적은 인물이 되길 바라며.

내일
더 잘 살아갈
══════ 당신이기에

오늘 하루 너무 수고한 당신에게
그리고 내일부터 너무 행복할 당신에게

당신은 오늘을 잘 살아낸 것만으로
대단하고 정말 멋진 사람입니다.

당신은 오늘 밤 아주 행복하고,
기분 좋은 꿈과 함께
내일 아침을 맞이할 것입니다.

오늘 당신이 잠드는 순간

지금까지 살아오면서 겪었던 힘듦, 아픔,

그 끔찍했던 모든 순간들이

이젠 당신의 인생에서 사라지고 있습니다.

내일 아침 눈을 떴을 때 당신의 마음은

그 어느 때보다 설레며,

그 어느 순간보다 행복할 것입니다.

당신은 오늘부터 마음속에 숨겨왔던,

그리고 미뤄왔던 꿈들을 이루기 위해 노력하게 됩니다.

결국, 그 위대한 꿈이 이루어지기 시작합니다.

내일 당신의 하루는 고되긴 하겠지만,

아주 행복하고 완벽한 하루가 될 것입니다.

어떤 일이 일어나든지 당신의 그 넓은 마음으로

모든 것에 긍정적으로 대처하게 될 것입니다.

당신은 강한 사람입니다.

누군가의 말에 흔들리지 않고, 자신을 믿으며

그렇게 당신의 인생은 순조롭게 흘러갑니다.

앞으로 당신 삶에 아주 큰 복이 들어올 것입니다.

그 큰 복으로 당신은 이루 말할 수 없는

행복을 맞이할 것입니다.

무엇보다 너무 착한 당신은

그 수많은 행복을 또 다른 이에게 베풀게 될 것입니다.

고맙습니다, 그리고 감사합니다.

지금 그 누구보다 열심히 살아가고 있는

당신에게 오늘도 너무 고맙습니다.

내일은 더 잘 살아갈 당신,

그런 당신의 삶에 언제나

축복과 행복이 가득할 것입니다.

너무 고생 많았습니다.

너무 수고 많았습니다.

그리고 너무 감사합니다.

당신.

PART 3

상처받았지만,
애써
괜찮은 척 했다면

내가 행복해지는 인간관계 만드는 법

괜찮지 않은데
괜찮은
===== 척 했다면

다들 느끼겠지만,

살다 보면 아무리 피하고 싶어도 피할 수 없는

결국 마주할 수밖에 없는 그런 일들이 많다.

인간관계 문제도 그중 하나이다.

불편한 사람과의 관계는 받아들이고 이겨내려 노력해도

생각과는 달리 오히려 점점 더 어려워진다.

최근에 깨달은 것이 있다면

나는 스스로 매우 긍정적인 사람이라 생각했는데,

아무리 긍정적인 사람이라도 우울해질 수 있고,

사람 간의 관계에서 어려움을 겪을 수 있음을
새삼 느낀 것이다.

강한 사람이 아닌데 강한 척을 했고,
누군가 때문에 너무 힘들지만, 쉽게 이겨내는 척을 했다.
너무 우울한데, 밝은 척을 했고
누구보다 슬프지만, 기쁜 척을 했다.

아마도 나만이 아닌,
우리 모두가 이렇게 살아가고 있진 않을까.

한번에 나의 삶이 바뀌지 않는다는 걸
알고 있다.

그래서 이젠 억지로 나의 힘듦을 숨기거나,
피하지 않기로 했다.

아무리 촘촘하게 계획을 세워 살아간다 해도
언제나 나의 예상을 벗어나는 일들 투성이이기에
애써 숨기지 않고 받아들이기로 했다.

앞으로도 긍정적으로 사람을 대하려 노력할 거고
현재에 감사하며 무엇보다 지금에 더 집중할 것이다.
다만, 정말 힘들 땐 이젠 어떻게든 표현해보려 한다.

그것이 글이 되었든, 누군가와의 소통이 되었든
혼자 아파하지 않으려 한다.

억지스러운 행복보단 진실된 아픔이 때론,
마음 편할 때가 있으니까.

나를
싫어하는
_____ 사람이 있을 때

누군가 나를 오해하거나,

아무 이유 없이 나를 싫어할 때

과거의 난 온 힘을 다해 그 사람의 오해를 풀어주려

무던히도 애를 썼다.

하나의 오해가 수많은 오해를 낳을까 두려웠고,

그게 마치 진실인 듯이 사람들 입에 오를까 무서웠다.

하지만 시간이 흐르면서 나 또한 울고불고 아프고

상처도 갖다 보니,

내 머릿속도 몰라보게 많이 전환되었다.

그 후, 난 조금 다르게 생각하기로 했다.

만약 누군가 나를 오해하기 시작한다면

그냥 편하게 오해하도록 놔두게 되었다.

이유는 단순했다.

그 사람은 처음부터 나에 대한

믿음이 없었던 사람이기에

그런 사람에게 아무리 말해봤자

나만 입 아프고 불쌍해질 뿐이었다.

그렇게 나는 사람과 사람 사이에서

가장 중요한 것은 믿음이라 생각하게 됐고,

나에 대해 아무것도 모르고 떠들어대는 사람들에게

들이는 작은 감정조차

너무 아깝다는 생각이 들었다.

이런 말이 있다.

누구나 나에 대해 오해할 권리는 있지만,

그것을 내가 꼭 해명할 이유는 없다고.

나도 사람이라 누군가를 싫어하고 오해할 수 있다.

또 반면 다른 이들도 나와 똑같은 사람이기에

나를 오해하고 싫어할 수도 있다.

그러니,

나와 인생을 평생 함께할 것도 아닌

굳이 나를 싫어하는 사람들에게까지

그 아까운 시간 낭비와 감정 소모를 하지 말자고,

타인이야 오해하든 말든 나를 믿어주는 사람,

그 사람만 딱 생각하자고.

그렇게 결심했다.

✳

부정적인 사람은

당신에게 반대하고

당신에게 비난을 던지고

당신이라는 존재를 위축시킨다.

그러나 언제나 기억하라.

당신이 동의하지 않는 한

이 세상 그 누구도

당신의 가치를 깎아내릴 수 없다.

_엘리너 루스벨트

끊고
맺음의
━━━━━ 중요성

인간관계는 잘하려 하면 할수록 힘들어지고

완벽하려고 하면 할수록 무너진다.

내가 아무리 애써도 안 되는 건

결국, 안 되더라.

어쩌면 관계의 끊고 맺음을 확실히 하는 것이

괴로움 없이 인간관계를 이어가는

유일한 지름길일지 모른다.

아니라면 과감히 잘라내고,

맞는다면 절대 그 인연을 놓치지 마라.

착한 사람
코스프레는
그만둘 것

착해야 한다는 강박을 버려라.

우린 모든 이에게 착할 수 없고,

모든 상황에서 웃을 수 없다.

누군가는 분명 나를 싫어할 거고

누군가는 또 나를 사랑해줄 테니.

착함이란 잣대는 상대적인 것일뿐.

사람답게만 산다면

우린 잘 살고 있는 거다.

더 이상 착한 사람 코스프레는

하지 않기를.

착해야 한다는 강박에서 벗어나

필요한 시점에 정확히 의사를 밝히고

그에 맞게 행동한다면

그 순간부터 또 다른 삶이 펼쳐질지도 모른다.

누군가를 도저히
이해할 수 없어
———— 힘들 때

함께 일하는 동료나 친구가

어느 날 갑자기 인사를 받아주지 않거나

평소와 다른 반응을 보일 때

어딘가 기분 나쁜 찝찝함을 느끼게 된다.

분명 나는 잘못한 것이 없는데

괜히 지난 며칠간 일들을 되돌아보기도 한다.

'왜 평소와 다르지?'라는 생각부터

'그냥 한번 연락을 해볼까?' 하다가도

왠지 이상한 사람이 될 것 같아 그만두게 된다.

그나마 친구라면 자연스럽게 연락이 되고
이야기를 나누면서 별거 아니었구나 하고
오해를 풀고 안심이 되기라도 하지만

혹여나 친하지 않은 사람 또는 잘 알지 못하는 사람이
내가 정중히 건넨 인사를 무시하고 지나칠 때면
그땐, 인사를 건넨 순간부터
머릿속이 복잡해지는 것이다.

아무리 생각해도 잘못한 것이 없다면
그 순간 '나라면 절대 그러지 않을 건데'라며
이해할 수 없는 사람이라고 판단하게 된다.

그런데 여기서 우리가 놓치고 있는 가장 큰 문제가 있다.
바로,
'그 사람은 내가 아니라는 것'
그 누구도 나와 같을 순 없다는 거다.

내가 생각하는 대로 똑같이 행동하는 사람은
세상에 단 한 명도 없다.

당신이 잘못해서가 아니라
그냥 그렇게 살아가는 사람일 뿐인 거다.

살면서 나와 다른 사람들을 많이 봐왔다.
학교에서, 직장에서, 여러 모임에서
나를 스쳤던 많은 사람들.

나도 예전에는 타인이
내 생각에서 벗어난 행동을 보일 때 괜한 짜증이 났고
심할 때는 스트레스까지 받으며 신경이 쓰였다.

하지만 그건 너무나도 당연한 거였다.
조금만 생각을 전환한다면
그 사람들은 내가 아니기에 충분히 그럴 수 있는 거였다.

이 세상에 나와 같은 사람은 없다.

그 누구도 나와 같을 순 없다.

딱히 내게 피해를 주거나 험담을 하지 않는다면

그 사람은 그냥 그렇게 살아가는 사람일 뿐이다.

나와 다른 가치관을 가지고 살아가는,

또 한 명의 사람일 뿐인 거다.

모두와 잘 지낼
필요가 없는
===== 진짜 이유

어떤 관계이든 이것만 기억하자.

모두가 나를 좋아할 수 없고,
모두가 내 편이 아니어도 충분히 괜찮다는 것.
나를 믿어주는 누군가가 있다면
그것만으로 충분히 잘 살고 있다는 것.

그 어떤 누구도 나와 같은 감정,
같은 생각, 같은 마음을 가진 사람은

절대 존재하지 않는다는 것.

일상 속
악당에게서
나를 지키는 법

사람 때문에 상처받고, 괴롭고, 슬플 때가 있다.

그러나 신기하게도 사람 때문에 행복해지고,

웃고, 살아갈 이유가 생기기도 한다.

그래서 어쩌면 인생에서 가장 중요하고

가장 어려운 문제가 인간관계이지 않을까 생각해본다.

살다 보면 사람과 사람 사이에서

여러 가지 문제가 벌어질 수 있겠지만,

무엇보다 힘들게 하는 것은

생각만 해도 끔찍한 일상 속 악당들이다.

얄궂게도 삶은 꼭 그런 악당들과
항상 공존하면서 지내도록 짜여져 있다.

생각해보면 학교를 다닐 때도 그랬다.
그렇게 많은 아이들 중
꼭 싫은 아이랑 같은 반이 되거나,
조 모임 할 때는 왜 또 같은 조가 되는 건지
이해할 수 없는 상황들이 연속으로 터질 때도 있었다.

그래도 어찌어찌 나이가 차오르며
많은 유대관계를 겪고 느낀 건
어딜 가나 무엇을 하든 내 마음에 들지 않는 사람은
늘 존재한다는 거다.

언제까지고 싫은 사람 때문에
괴로워할 수는 없기에
생각의 전환이 필요했다.

일단 그 싫은 사람과

어느 정도 부딪칠 가능성이 있는 곳이라면

더 이상은 나의 아까운 에너지를

낭비하지 않겠다고 다짐했다.

예를 들면 직장 상사, 동료, 혹은 고객이 될 수도 있다.

어딜 가나 내가 싫어하는 사람은 늘 생기기 때문에

그런 이들을 만나게 될 때면 난 이런 생각을 했다.

'이 사람이 내 인생에서 차지하는 비중이

0.0001퍼센트도 안 되는데, 왜 소중한 인생을

이 사람 때문에 낭비하며 스트레스를 받아야 하지'라고.

이렇게 생각하고 나면 그 순간 내가

그 사람한테 쏟은 감정들, 에너지들이

너무너무 아깝다는 생각이 들었다.

차라리 그 에너지들을 소중한 사람들에게

쏟았어야 했는데 하는 후회 또한 밀려오기도 했다.

내 인생에서 단 1퍼센트의 비중도 없는 존재에게는

그 어떤 작은 감정조차도 이젠 아깝다고 생각한다.

일단 나 자신의 에너지, 감정부터 지키기로 했다.

어딜 가나 이상한 사람은 있고, 악당은 존재한다.

지금 당장은 피할 수 없겠지만,

결국, 헤어질 사람이고 사라질 사람이다.

그러니 그저 눈앞에 날리고 있는 먼지라고 생각하자.

좀 거슬리긴 하지만, 결국 눈앞에서 사라질 테니.

보이지도 않는 먼지 같은 존재 때문에

소중한 당신의 감정을 잃지 않기를.

나에 대한
타인의 말에
상처받았을 때

나라는 사람이 누군지 알지도 못하면서

마치 내가 살아온 모든 순간을 지켜봐온 듯이

떠들어대는 타인들이 가끔 존재한다.

나도 나를 판단하지 않는데

도대체 그대가 누구이기에 나를 판단하려 하는지

이해하려 해도 도저히 이해할 수 없는

그런 존재들이 있다.

그런데 딱히 상관은 없다.

그들이 아무리 아우성을 쳐봤자

결국, 그건 내가 아니니까.

칠흑 같은 어둠 속에서 시커먼 안경을 끼고

작은 손전등 하나 들고서 나를 비추고 있는 사람에게

나는 딱히 할 말은 없다.

그러니 인생 헛살고 있는 안쓰러운 이들에게

화내지도 억울해하지도 말자.

오히려 우리가 관대를 베풀어야 하는 거니.

우리를 판단할 수 있는 사람은

그 누구도 아닌 오직 '나' 자기 자신뿐이라는 것을

우린 두 번 기억해야 한다.

남의 눈치를
보는 자신을
══════ 발견했다면

우리는 생각보다 남의 눈치를 많이 보고 살아간다.

그래서 누군가의 선입견에 찬 말,

소수의 섣부른 판단과 시선에도

그들에게 맞춰버리게 되곤 한다.

내 진짜 모습은 그게 아닌데도.

아무리 생각해도 이건 아니라고 생각한다.

나만의 생각이 있고, 내가 좋아하는 것도 있다.

누구나 자신의 스타일이 있는 건데,

극소수의 사람들 눈치를 보며

나의 성격, 모습, 태도를 꾸며내야 한다면

그건 나의 삶이 아닌 타인의 아바타가 될 뿐이다.

내가 원하지 않는 삶을 산다는 건

나 자신을 깎아내리는 행동일 뿐이고

그렇게 계속 깎이다 보면 어느 순간 지치게 되고

결국, 나를 잃게 된다.

내가 사는 세상이지,

남들이 원하는 세상을 사는 게 아니다.

희소가치가 아주 높은 당신의 귀한 성격을,

스타일을, 삶의 태도를

애써 숨기려고 하지 말자.

나의 성격을 모두가 좋아할 수는 없겠지만,

그래도 확실한 것은 나만의 귀한 성격을
좋아해주는 사람은 분명히 존재한다는 거다.

그러니 내가 잘하고 내가 좋아하는 것을
애써 감추려 하지 말자.

어떤 걱정도
결국엔
_____ 지나간다

내가 가졌던 걱정들이 평생 나를 괴롭힐 거라 생각했다.

몇 년이 지나도 똑같은 걱정 때문에 기분은 다운되고

매번 그렇게 스트레스를 받는 나를 보면서

이러다 죽을 때까지 걱정이 나를 따라다니는 게 아닐까

두렵기도 했다.

그런데 다행히도 점점 무뎌지기 시작하더라.

지금도 예전의 걱정이 사라지진 않았지만

조금씩 나이를 먹으며 이리저리 부딪치고 깨져버렸는지

어느 시점부터 걱정에 무뎌지기 시작했다.

무뎌지는 만큼 또 다른 큰 고민들이 생겨났지만
적어도 평생 나를 괴롭힐 거라는 걱정 따위는
하지 않게 되었다.

당신처럼, 나도 그랬다.
수많은 걱정과 후회가 숨 막히도록 나를 괴롭혔고
해결되지 않는 고민들로 하루를 날려버리기도 했다.
하지만 결국 그 걱정들은 점차 힘이 약해졌고,
이젠 추억인 듯이 말할 정도로 나 또한 그만큼 성장했다.

그러니 지금 마음속에 가득 들어 찬
걱정 때문에 힘들다면
이 말을 기억하라.

평생 나를 괴롭히는 걱정이란 없다.

오히려 나를 성장시키는 걱정만 있을 뿐.

결국 무뎌질 거고, 끝내 지나갈 거다.

나도 그랬으니,

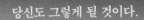

당신도 그렇게 될 것이다.

오늘 하루도
가면을 쓰고
시작한 나에게

매일 아침 눈을 떠, 여러 개의 가면을 놓아두고
그날에 맞는 가면을 선택해 하루를 시작했다.

내가 아닌 남을 위해 맞춰가는
그런 삶을 살아온 것이다.

사실 난, 이것이 인생을 잘 사는
유일한 방법인 줄 알았지만

그렇지 않았다.

나를 위해 살지 않는 삶은 빈껍데기일 뿐.
아무것도 남는 건 없었다.

당신이 늘 우선이어야 한다.
남의 기대에 맞추는 삶은 이젠 멈춰야 한다.

누가 보아도 내가 나 자신으로 살고 있다고
느끼도록 진짜 나를 보여줘야 한다.

점점 더
좋은 관계를
만드는 비밀

아무리 나와 잘 맞지 않고,

이해할 수 없는 행동을 하는 사람일지라도

그 자신만의 이유가 있다.

그렇게 누구에게나 사정은 있다.

단지 내가 모르고 있을 뿐.

어떠한 이유가 있었을 것이고

겉으로 보이지 않는 상황들이 분명 존재했을 것이다.

살다 보면 남모를 사정들이 하나씩 생겨나듯

누구에게나 나름의 이유와 원칙이 있다.

그 누구의 삶도 본인이 아닌 이상
결국엔 알 수 없는 거다.

그러니 한 사람의 삶을
함부로 정의 내려서는 안 된다.
섣불리 그에 대해 단정 짓고
등을 돌려서는 안 된다.

그 누구에게도 그래서는 안 되는 거다.
어쩌면 그때가 내게 가장 소중할 수 있는 사람을
잃는 순간이 될지도 모른다.

온전히 나를
믿어주는 사람이
======= 있는가

지금 나의 감정에 최선을 다하고 있는데
남들은 계속해서 힘내라고만 한다.
난 더 이상 힘을 낼 수 없는데
계속해서 이겨내라 한다.

내게 다른 방법이 있었다면 이미 이겨내지 않았을까.

관심은 너무 고맙지만
극심한 애정은 때론 독처럼 느껴진다.

사람은 누구나 잘 살아보려 발버둥친다.

힘을 낼 수 있는데 억지로 참는 바보는 없다.

어떻게든 이겨내려 노력해보지만

그럴 힘이 없을 뿐이다.

단지 그뿐인 거다.

나도 현재 당신의 모든 감정을 이해할 순 없지만,

적어도 온 힘을 다해 버티고 있음은 알 것 같다.

당신이 얼마나 잘 살아보려 애쓰고 있는지

당신의 하루하루가 얼마나 간절한지

힘들어도 가족이 걱정할까 말 못하고

혼자서 얼마나 힘들었을지 조금은 알 것 같다.

내가 당신의 모든 것을 다 이해할 순 없겠지만

적어도 지금 이 순간만큼은 이름 모를 당신을 위해

나의 진심을 꾹꾹 담아 글로 남기려 한다.

이름 모를 누군가를 위해

이름 모를 누군가,

진심으로 응원하고 있다는 것만 꼭 기억해주길 바란다.

가끔 힘내지 않는다고 해서

하늘이 무너지거나,

세상이 멸망하지는 않으니

우리 잘 살아내보자.

인생이 무너질 듯 힘들어도
온전히 나를 믿어주는 한 사람만 있다면
어떻게든 어떤 식으로든 살아가지더라.

그냥, 그렇게 되더라.

문득
외롭다고
───── 느껴질 때

어딘가에 있다.

당신과 같은 마음을 가진 사람이.

분명 그도 당신과 같은 시간을 보냈을 것이다.

그러니, 너무 외로워 말길.
너무 서러워 말길.

지금 당신이 힘들게 걸어가고 있는 그 길 또한
누군가 분명 걸어갔을 길일 테니.

힘들 때마다
나를 버티게
하는 말

도무지 안 될 것 같던, 불가능해 보이던 일들이
때론 기적처럼 이루어질 때가 있다.

말기 암을 이겨내고 새로운 삶을 살아가거나
수억의 빚을 청산하고 수십억의 자산가가 되거나
우연히 올린 영상 하나로 세계적인 스타가 될 수도 있다.

이처럼 절대 해내지 못할 것 같았던 일들이
우리에게는 때때로 일어나기도 한다.

확률적으로 따진다면 말도 안 되게 적은 확률이겠지만

그 말도 안 되는 확률의 주인공은

딱히 정해져 있지 않다.

이 말은 즉 지금 이 글을 읽고 있는 당신에게도

충분히 일어날 수 있는 일이라는 거다.

난 운명을 믿고 기적을 바라며 살아가고 있다.

언젠가는 내가 바라는 모든 일들이

이루어질 거라 믿으며 살아가는 것이다.

그냥 믿는 거다.

돈이 드는 것도 아니니

일단은 잘될 거라 믿으며 살아가는 거다.

애써 부정적인 생각은 할 필요가 없으니

그냥 믿어보는 거다.

나는 사실 모순덩어리라 잘 지내다가도

무심코 최악을 그려보는 경우가 많다.
무너지고 좌절하는 순간들도 부지기수다.

하지만 아무리 울고 좌절해도 내 생각의 끝은
언제나 같다.

'그래도 잘될 거야.'

삶에는 스포일러가 존재하지 않는다.

어떤 일이 언제 어떻게 일어날지 아무도 모르는 것이다.

무엇을 시작하든 무슨 일이 생겼든

그 끝은 아무도 모르는 거니

끝이 날 때까지는 그냥 한번 믿어보는 거다.

✳

아무리 부정적인 날들이 와도
우리의 삶은 무탈하게 잘 지나갈 거고

아무리 최악의 상황이 온다 한들
결국, 잘될 거니까.

오늘도 일단 믿어보는 거다.

당신은
꼭
══════ 행복해집니다

모든 게 괜찮아질 겁니다.

모든 것이 이루어질 것입니다.

당신은 꼭 그렇게 될 것입니다.

당신을 짓누르고 있는 그 수많은 걱정들이

이젠 물을 마실 때마다 하나씩 해결될 것입니다.

오래 기다렸던 당신의 행복이

이제 곧 펼쳐지기 시작합니다.

당신은 자신도 몰랐던 놀라운 재능을 발견하게 됩니다.

그리고 그 재능으로 당신은 미래에 승승장구합니다.

지금 당신을 괴롭히고 아무 이유 없이
당신을 싫어하는 사람이 있다면,

그건 당신이 너무 빛이 나서입니다.

원래부터 빛이 나는 곳에는
늘 벌레들이 모여드는 법입니다.

지금 당신이 죽어라, 노력하고 있는 모든 것들이
드디어 그 결실을 이루게 됩니다.

당신은 대단합니다.
당신은 무한합니다.
당신은 소중합니다.
당신은 이 세상에 꼭 필요한 존재입니다.

당신을 대체할 수 있는 사람은 단 한 명도 없습니다.
그러니, 당신은 아주 위대합니다.

당신의 인생에는 늘 행복과 행운이 공존하게 됩니다.
그렇게 당신의 운은 그 누구보다 좋을 수밖에 없습니다.

오늘부터 당신의 삶은 물 흐르듯 잘 풀려나갈 것입니다.
그렇게 자신을 믿으면 믿을수록
당신의 인생은 더욱 빛이 날 것입니다.

당신은 아주 긍정적인 사람입니다.
억지 긍정이 아닌 진짜 긍정으로
당신은 살아가게 됩니다.

과거는 끝났습니다.
이제 그 과거를 통해 얻은 경험과 배움으로
당신은 누군가에게 꼭 필요한 사람이 될 것입니다.

당신을 믿습니다. 그리고 무엇보다

시간이 조금은 걸리더라도

조금은 더디더라도

당신은 결국 꼭 행복해질 것입니다.

PART 4

나의 삶은
나를 위해
존재하는 것이기에

✳
•

부정적인 감정에 지지 않는 연습

자존감을
높이고
━━━━━ 싶다면

태어날 때부터 자존감이 낮은 사람은 없다.

마냥 어렸을 적을 생각해보자.

아무 생각 없이 그냥 내가 좋을 때가 있고,

싫을 때가 있을 뿐이다.

나이를 먹으면서 나 자신을 조금씩 잃어가게 된다.

서로 비교하고, 남의 시선을 의식하고

그로 인해 위축되고 만다.

시간이 지날수록 외모, 직장, 연애 등

자존감이 낮아지는 동기는 아주 다양해진다.

자존감이 계속 높게 유지되는 사람은 없다.

나도 그렇고, 누구나 자존감이 오르는 순간이 있다면,

떨어지는 순간도 무조건 있기 마련이다.

실수를 했을 때나 외모에 자신이 없을 때 등

우리는 남의 시선을 신경 쓰는 경우가 너무 많다.

적당한 신경은 자기 자신을 되돌아보는

아주 좋은 배움이 되겠지만,

그게 너무 심해지면 나 자신보다

남의 눈치와 시선에 내 인생을 맞추게 된다.

그 순간부터 자존감은 곤두박질치기 시작한다.

하지만 놀랍게도 여기서 중요한 건,

남들은 우리에게 큰 관심이 없다는 거다.

누군가 무엇을 하든,

자기 자신의 인생이 더 중요하기 때문이다.

우리가 남을 신경 안 쓰듯이

남도 우리를 그렇게 신경 쓰지 않는다.

자존감을 높이는 방법 중 가장 많이 이야기되는 것이

'자기 자신을 믿으라'는 것이다.

맞는 말이지만 지금 당장 그럴 수 없는 것이 현실이다.

어디서부터 어떻게 시작해야 할지

모르기 때문에 답답할 뿐이다.

그래서 난 자존감이 낮아지는 게 느껴질 때면

일단 작은 일이라도 내가 좋아하는 것을 찾아서

바로 행동하는 버릇이 생겼다.

도전이다. 일단 해보는 거다.

노래를 좋아하면 노래를 듣는 것부터,

나가서 놀고 싶으면 약속을 잡는 것부터

하고 싶은 일이 있다면 그냥 시작하는 거다.

누군가에게는 그 일이 여행이 될 수도 있다.

누군가에게는 그림 그리기가 될 수도 있고

누군가에게는 이야기하는 것이 될 수도 있다.

무엇을 하든 내가 '살아 있다'라는 느낌만 받으면 된다.

어쩌면 우리는 자존감이 낮아서

시작을 못 하는 게 아니라

시작을 하지 않기에 자존감이 떨어지는 게 아닐까.

무언가 실패했을 때, 자존감이 낮아질 수도 있고

무언가 성취했을 때, 자존감이 높아질 수도 있다.

꿈은 작아도 된다. 그러니 일단 실행하고, 행동하는 것.

이것이 자존감을 높이는 시작이라고 생각한다.

시작은 항상 어렵다.

하지만 시작하지 않는다면

늘 똑같은 하루가 반복될 수밖에 없다.

시간이 지나야
알게 되는
_____ 것들

아무것도 되지 못하면 어떤가,
그냥 살아가고 있으면 된 거지.

나도 가끔 잊고 지낸다.

평범하게 살아가는 것이 얼마나 대단한 건지.
아침에 일어나 아무 일 없이 저녁에 잠드는 것이
얼마나 감사한 일인지.

아등바등 버티며 삶을 유지하는 것이
얼마나 엄청나고 위대한 일인지.

그렇게 나도 가끔 잊으며 살아간다.

아무것도 아닌 삶은 없다.
단지 삶의 방식이 조금씩 다를 뿐,

살아내고 있는 것만으로
우린 이미 완성된 거다.

우울이
나를
삼키려 할 때

우리의 얼굴 생김새가 제각기 다르듯
아픔의 크기 또한 사람마다 다르다.

하지만 한가지 공통적인 것은
지금 내가 힘든 삶을 살고 있다면,
그 무엇 때문이더라도 결국엔 나 자신이 제일 불쌍하고
힘든 사람이 된다는 점이다.

내 인생이 지금 죽을 것같이 아픈데,
남이 힘든 게 눈에 보일 리 없다.
나에게 닥친 상황들이 크든 작든

그 크기의 문제가 아니라,

왜 나만, 왜 나에게만 이런 일이 생기는지
답답하고 억울할 뿐이다.

그냥 좀 편하게 행복하게 살고 싶은데
다 필요 없고, 그냥 평범하게 살아가고 싶은 건데
그 평범함이 참으로 어려워지는 순간이 온다.

운 좋게 며칠 잘 지내다가도
이 어두운 감정은 갑자기 튀어나와
과거 일들을 떠올리게 하고
또 그렇게 후회 속에서 나를 자책하며
다시 살아가기 힘들게 만든다.

우린 이런 감정을 우울이라 부른다.

사실 이 우울감은 평상시에 괜찮다가도 급발진처럼
갑자기 찾아오기에 그것에 대한 대비를
항상 해야 한다고 생각한다.

그래야 갑자기 인생이 무너지는 일을
방지할 수 있다.

난 우울이 찾아올 때마다 나의 감정을
인정하는 연습부터 시작했다.
애써 그 감정들을 밀어내려 하지 않고
그냥 받아들이는 연습을 했다.

"아이고 또 왔네. 그래, 그럼 좀 놀다 가.
그런데 지금 난 너랑 놀아줄 시간은 없어"
라고 말하기 시작했다.

그러고 나선 바로 청소를 하든, 운동을 하든,

양치를 하든, 무작정 육체적으로 할 수 있는 것들을
망설임 없이 바로 시작했다.
그렇게 움직이고 나면 정말 신기하게도 어느 순간
그 우울 친구가 재미가 없었는지 금방 사라지기도 했다.

그렇게 점차 나에게 찾아오는 횟수 또한
줄어들기 시작했다.

완벽히 우울을 벗어나는 방법은 없다고 생각한다.
당연히 우울감이 심해 우울증이 왔다면
의학의 힘을 이용해 치료를 받는 것이
최고의 선택이라 생각하지만,

그 감정을 완벽히 우리 인생에서 사라지게 하는 방법은
슬프지만 없지 않을까.
다만, 인정하고 조금이라도 덜 아프게 살아갈 뿐이다.

※

우리는 늘 불완전한 삶을 살아간다.
그 불완전 속에서 우린 완전함을 배우는 중이다.

나도, 당신도, 그 누구도 그렇게
배우며 살아가고 있다.

어제보다 오늘 더 튼튼한 마음으로
살아가고 있는 당신이라면

어느 순간 분명 또 다른 누군가를 위로해주고 있는
자신을 만나는 날이 올 것이다.

당신은 꼭 그렇게 될 거다.

이제 다 그만두고
싶다는 마음이
간절할 때

1년 중 내가 가장 많이 뱉어내는 말은 단언컨대
"어떻게 살아야 하지?"라는 말이다.
아마 당신이 지금 이 글을 읽고 있는 순간에도
나는 어떻게 살아야 할지 고민하고 있을지 모른다.

갑자기 이렇게 답도 없는 말을 꺼낸 이유는

그냥.

나 역시 그렇다.
당신만이 아니고 나도 매일 그만두고 싶은 마음이

간절할 때가 있다고, 나도 아직 어떻게 살아야 할지
열심히 찾아가고 있는 중이라고.

그냥 이 말 하나 꼭 전하고 싶었다.

나도 매일매일 쪼이며 살고 있고
내가 선택했던 방향이 어긋나버려
엎고 다시 시작하기를 수도 없이 반복했다.

그렇게 실패를 거듭하며 많은 경험을 했고
남들에게 작은 조언 정도는 해줄 수 있는
그런 사람으로 성장도 했다.

그런데도 난 아직,
어떻게 살아야 할지 모르겠다.

그러니 만약 오늘부터 힘들거면

나도 힘드니까 우리 같이 힘들자.

매일매일 행복할 순 없겠지만
그래도 가끔은 무조건 행복할 거니까

오늘은 그냥 우리 힘내지 말고,
같이 힘들자.

그래보자.

내가
책을 읽는
진짜 이유

정신적으로 힘들 때면, 항상 서점에 간다.

그곳에 가면 나와 같은 심정을 가진 사람들이

늘 존재하고 있기 때문이다.

그 글들을 읽다 보면 어느 순간 외로움이 사라지며

나도 모르게 아주 큰 위로를 받게 된다.

어쩌면 단순하지만 진정성 있는 이런 공감들이

책이 가진 가장 큰 힘이 아닐까 생각한다.

살면서 공감보다 더 강한 위로는 없으니까.

책 한 권의 내용이 통째로 다 좋을 수는 없다.

하지만 내가 책을 읽는 가장 큰 이유는
그 책 속의 단 한 문장 또는 단 한 페이지가
나에게 큰 영감을 주고 깊이 공감되기 때문이다.

고등학교 때 태어나서 처음으로 책이라는 것을
구매하게 되었고 우연히 만난 그 책 한 권으로
지금까지 이렇게 책 냄새를 좋아하며 살아가고 있다.

책이 주는 힘은 아주 위대하다고 생각한다.
모든 책이 좋을 수는 없겠지만 한 가지 확신하는 건
분명 자신한테 맞는 책이 어디엔가 꼭 존재한다는 거다.
그 안의 한 문장이, 한 페이지의 글귀가
당신의 인생을 뒤바꿔놓을 수도 있다.

무엇보다 시간이 흘러 당신이
또 다른 사람의 인생을 구할 수도 있다.
이것이 내가 책을 읽는 진짜 이유이다.

바람이 분다고

모든 것이 흔들리진 않는다.

굳은 신념이 있다면

결코 무너지지 않을 것이다.

그 누구에게도
잘못된 삶이란
없다

삶은 우리가 생각하는 대로 움직이지 않는다.

실수가 반복될 수도 있고,
지난 과거에 후회하며 힘들어할 수도 있다.

하지만 그건 누구나 겪는 일이며,
또 어느 누군가에게는
아무것도, 아무 일도 아닌 일로 비칠 수도 있다.
그러니 너무 걱정하지 않길 바란다.

우리는 단지 서로 다른 삶을 살고 있을 뿐

잘못된 삶이 아니라는 것을 꼭 기억하길 바란다.

인생을 두 번 살아보지 않은 이상
그 누구도 완벽할 순 없다.

당신도 예외는 아니라는 거다.
그러니 괜찮다는 말이다.

나를 변하게 하고
일어서게 하는
───── 말

'이런 일만 없었더라면 아무 걱정 없이
잘 살 수 있는데'라는 생각을
다들 한 번씩은 해봤을 거다.

하지만 우린 인생 1회차, 아주 미성숙한 인간이기에
시간이 지나고 세상이 변함에 따라
또다시 생각지도 못한 고민들이 나타나
우리를 괴롭히고 지치게 만들 것이 분명하다.

걱정 없이, 후회 없이 산다는 건
현 상황에서는 안타깝게도 불가능한 일이다.

그러니 지난 일은 되돌릴 수 없음을
빠르게 자각해야 한다.

과거의 일들 때문에
현재 당신 삶이 힘들어졌다는 핑계는
이젠 멈춰야 할 시간이다.

인정하자. 그리고 새롭게 시작하자.

'이런 일만 없었더라면'이 아니라,
'이런 일도 생길 수 있지'라고 외치며 받아들여야 한다.

당신은 변할 수 있고 달라질 수 있다.
지금만 기억하고, 오늘을 살아야 한다.

생각지도 못한 일들이 누구에게나 생길 수 있다.
그것을 어떻게 받아들이느냐가 가장 중요하다.

＊

기억하자.

우리에게는 좋은 일만 일어나지 않는다는 걸.

그러나 우리에게는 어떤 일이 일어난들 받아들이며

헤쳐나갈 용기와 능력도

충분히 준비되어 있다는 걸.

우린 무엇이든 이겨낼 수 있다는 걸.

떨어지는
물방울이
===== 돌을 뚫듯이

아주 작은 물방울일지라도

흔들리지 않고 계속해 떨어진다면,

아무리 단단한 바위일지언정 흠집이 생기고 만다.

나는 반복의 힘을 믿는다.

도저히 안 될 것 같은 일도 반복에 반복을 더한다면

작은 물방울이 바위에 흠집을 내듯,

우리도 충분히 변해갈 수 있다.

지금은 눈에 띄지도 않는 작디작은 실행이지만,

그것들이 천천히 모여지면,

저 멀리서 봐도 눈에 띄는 어마어마한

크기의 성장을 이루게 될 것이다.

꾸준함, 그 반복의 힘을 믿으며 행하다 보면

아주 화창한 어느 날,

반복의 기적이 당신에게 찾아올 수밖에 없다.

지금은 비록 작은 날갯짓에 불과하지만,

당신의 그 날갯짓이 훗날 거대한 태풍이 된다는 것을

꼭 기억해주었으면 한다.

목표만 세우고
실천하지
못한다면

나의 버킷리스트 중 하나가 책 출간이었다.

누가 봐도 막연한 꿈이었고,

아무리 내가 책을 좋아하고 글을 쓴다 한들,

이런 나를 찾아줄 출판사는커녕

독립출판할 자금도 없었다.

책을 출간한다는 것이 쉬운 일이 아니기에

아주 긴 여정이 될 거라 생각했다.

그렇게 죽기 전에는 꼭 낼 거라 다짐하며 살아가다,

우연히 유튜브를 만나게 된다.

서툰 편집 영상을 하나하나 올려나가기 시작했고,
그 영상들이 조금씩 쌓이기 시작할 무렵
생각지도 못한 알고리즘의 파도가 몰아치며
나에게 아주 놀라운 일들이 생겨났다.

그중 하나가 몇 년 전까지만 해도
막연한 버킷리스트 중 하나였던 책 출간이었다.
너무 감사하게도 나의 영상을 접한 몇몇 출판사에서
연락이 온 것이다.

나도 몰랐다,
내가 그토록 원하던 일을 이렇게나 빨리
이루게 될 줄은.

만약 누군가 나에게
"어떻게 목표를 이뤘나요?"라고 묻는다면
내가 해줄 수 있는 말은 딱히 없을 거 같다.

단지, '그냥 일단 시작한 것.'
이것이 가장 크지 않나 생각한다.

요즘 나에게는 신기한 일들이 많이 생겨나고 있다.
감사하기도 하면서 가끔 놀라기도 한다.
이 모든 것들은 내가 미루지 않았고 거르지 않으며
'그냥' 시작했기 때문이라 생각한다.

수많은 감정이 당신의 시작을 막아설 것을 안다.
온갖 잡생각들 또한 당신을 괴롭히며 잡아 세울 것이다.
하지만 시작해야 한다. 그 잡념들을 뿌리치고
일단 한걸음이라도 나아가야 한다.

달라지고 싶다고 아무리 외쳐봤자
일단 시작하지 않으면 우린 달라질 수 없다.

그냥 하자.

어떤 놀라운 일이 생겨날지 아무도 예측할 수 없으니

일단 시작해보자.

시작하지 않으면 아무런 일도 일어나지 않으니까.

미래를
걱정하느라
——— 현재를 놓치고 있다면

미래가 보이지 않아 답답하던 순간들이 있었다.

군대에 입대하던 끔찍한 첫날처럼

답이 보이지 않는 막막한 순간.

그런데 사실 따지고 보면

미래는 원래부터 보이지 않는 게 당연한 거였다.

우리가 초능력자가 아닌 이상

예언력이 있는 것도 아니고

미래를 보는 것은 불가능하다.

굳이 꾸역꾸역 미래를 걱정하고 있는 건

일어나지도 않은 일을 걱정거리로

미련하게 만들고 있는 것과 다름없다.

보이지 않는 미래에 안달 내기보다는

일단 지금 내 눈앞에 보이는 현재에

조금씩 변화를 주는 것이 최선의 선택이지 않을까.

어쩌면 가장 보편적이고

기본적인 생각이라고 할 수도 있지만

나라는 인간은 그 기본적인 생각도 못하고

마냥 일에 대한 욕심만 내다

결국 몸이 만신창이가 되었다.

그렇게 답도 없는 걱정만 하면서 나를 죽여가고 있었고,

현재에 가장 중요한 것을 잊고서, 해결하지도 않은 채

일어나지도 않은 미래를 걱정하고 있었다.

그 후 다행히 정신 차리고 병원을 다니면서
건강에 신경을 쓰기 시작했고,
점차 나의 스트레스와 답답했던 마음도 한결 편해졌다.

솔직히 현재 나의 삶이 최고의 선택은 아니라 생각한다.
하지만 적어도 매 순간 내가 할 수 있는
최선의 선택을 하며 살아가고 있다.

지금 당장 미래가 보이지 않아도 상관없다.
현재 눈앞의 가장 중요한 것이 무엇인지 인지하고
그것을 조금씩 해결해 나간다면
당신은 분명 발전할 것이고 어떤 일이든
잘 헤쳐나갈 거다.

앞으로도 답답한 인생은 찾아온다,
하지만 시원하게 뻥 뚫린 인생도 분명 찾아올 거라
한 치의 의심 없이 믿어본다.

유난히
내가 미운
날에는

남들과 비교해 내 부족함이
유독 크게 느껴지는 순간이 있다.

갑자기 숨이 막히고, 답답해지고,
내가 한심해지는 순간.
솔직히 말하면 이런 순간들을
시원하게 벗어날 방법은 딱히 없다.

하지만 삶에는 항상 '불행 중 다행'이 있듯
다행히도 이 순간은 결국 지나간다는 것이다.
지금 이 무거운 기분이 곧 사라질 거라는 말이다.

시간이 약이라는 말.

예전에는 이 말이 너무도 싫었는데
어찌어찌 지금까지 살아내다 보니
시간만 한 명약은 어디에도 없었다.

내가 미운 순간은 사라진다.
내가 나를 놓지 않는다면.

스스로 자신에 대한 믿음을
끝내 버리지만 않는다면.

아무것도
하기 싫고
의욕이 없을 때

아무 일에도 집중이 안 되고 아무것도

하기 싫은 날이 있다.

말도 안 되게 정신적으로 나를 힘들게 만드는 그런 날.

이렇게 힘든 날이면 당장 해답을 찾으려

머리가 터질 듯 고민하며

답이 나올 때까지 헤매기도 했다.

역시나 답은 쉽게 나오지 않았고

오히려 정신만 피폐해질 뿐 이도 저도 아닌 게 되었다.

이러다가 정말 머리가 터질 것 같음을 인지하고
마음을 진정시키려 유튜브 영상을 하나 보았는데
이런 말이 나왔다.

"너 잘하고 있어."

울컥했다. 불과 여섯 글자밖에 안 되는 말인데,
내 모든 불안과 복잡했던 마음이
마치 욕조 속에 들어 있는 것처럼 사르르 녹아내렸다.

그 순간 알았다. 지금 나에게 필요한 건
수많은 해답이 아니라 작은 위로 하나였음을.
나 지금 힘들다고 아무나 붙잡고 울고 싶었음을.

위로가 필요했나 보다.
누군가에게 아주 작은 위로 하나 받고 싶었나 보다.

혹시 당신도 나와 같은 감정에 갇히게 된다면
애써 답을 찾기보다 스스로 위로를 건네보길 바란다.

지금 너무 잘하고 있다고,
그러니 너무 겁내지 말라고.

겨울이 가고 봄이 오듯이 또 금방 지나갈 거니
너무 깊게 걱정하지 말라고.

나의 속도가
너무 느리다고
———— 느껴진다면

대부분 빠르게 성장하고 크게 성공하고 싶어 한다.

"6개월 안에 돈 많이 벌어야지, 1년 안에 성공해야지.
난 3개월 안에 10킬로를 뺄 거야."

이런 식으로 항상 시간은 짧게 잡고
성공은 누구보다 크게 하려는 의욕이 넘치고 만다.
사실 사람이라면 누구나 그런 욕심을 가지고
살아가기 마련이다.

빨리빨리 하고 싶다면 빨리해도 된다.

하지만 내가 말하고 싶은 건 속도가 아니다.

어떤 누군가는 스포츠카를 좋아할 거고,
또 누군가는 자전거에 매력을 느낄 거다.
어떤 이는 천천히 걸어가는 것만으로 행복할 수 있다.

속도는 속도일 뿐이다.

가장 중요한 것은 자기에게 맞는 속도를 유지하며
자신이 원하는 방향을 찾아가야 한다는 거다.

지금 나의 속도가 너무 빠르다고 생각된다면
힘을 조금 빼고 천천히 가도 괜찮다.
나의 속도가 많이 느리다고 생각된다면
힘을 조금 더 내서 빠르게 가는 것도 좋은 방법이다.

혹여나 당장 내가 원하는 방향이 없다면,

그것도 괜찮다.

누구에게나 처음부터 정해진 길은 없으니까.

당신은 단지 출발하기 전 정비하는 단계일 뿐이다.

정비를 다 끝내고 가고 싶은 방향이 잡혔다면

그때 출발해도 충분하다.

너무 뻔한 클리셰 같은 말일 수도 있지만

많은 사람들이 잊고 살아가기에

다시 한 번 꼭 말하고 싶었다.

삶은 속도가 아니다.

가고자 하는 정확한 방향이 있고

그 방향을 믿고 나아갈 수 있다면

당신은 끝내 원하는 목표를 이룰 수밖에 없다.

그럴 수밖에 없다.

쉬어도 좋으니,
그만두지만
═════ **말자**

앞으로 하고 싶은 일이 무엇이든,

그것이 당신을 설레게 한다면

절대 놓쳐서는 안 된다.

누군가에게는 보잘것없이 보일지라도

당신을 미소 짓게 하는 일을 찾았다는 건

삶에서 가장 아름다운 보석을 찾은 것과 다름없으니.

하지만 그것이 한낱 돌멩이가 될지,

세상 가장 빛나는 보석이 될지는 당신에게 달려 있다.

그러니, 그만두지 말자.

두렵고 무섭다는 걸 안다.
아까운 시간 낭비와 함께 혹여나 남들보다 뒤처질까
불안하기도 할 것이다.
그러나 당신을 설레게 하는 일은
두 번 다시 오지 않을 수도 있다.

이번이 마지막일 수도 있다.

나아가다 너무 힘들면
잠시 그 자리에 앉아 쉬어도 좋으니,
다만 그만두지 말자.

아무리 걸어도 끝이 보이지 않고
무작정 걸어가는 것 같은 기분이 들더라도,

분명 그 길의 끝은 존재하며

그 길의 끝엔,

당신의 꿈이 이미 도착해 있을 테니.

쉬어도 괜찮으니까,

우리 포기하지만 말자.

절대
잊지 말아야
———— 할 것

지금 당신이 지켜내고 있는

그 하루보다

소중하고 위대한 건

존재할 수 없다.

누구나
불완전한
—————— 삶을 살아간다

후회 없는 인생을 살고 있다는 건
태어나서 단 한 번도 거짓말을 하지 않았다는 말과 같다.

현재 이 순간에도 누군가는 분명 후회라는 것을 하며
외롭게 울고 있을지 모른다.

내가 왜 그랬을까?
지금 이 순간이 꿈이었으면 좋겠다며
자책하고, 슬퍼할 것이다.

하지만 더 슬픈 것은

이 순간이 꿈도 망상도 아닌 현실이라는 거다.

아무리 되돌리고 싶어도 되돌릴 수 없으며
자신이 선택한 행동에 대한 결과라는 것이다.

그러니 힘들겠지만 받아들여야 한다.

지금 당장은 힘들고,
어떻게 살아야 할지 답답하고 괴롭겠지만

죽을힘을 다해 다시 살아갈 이유를 찾아야 한다.

누구나 실수를 하고 누구나 잘못을 한다.
하지만 아무나 반성하고 아무나 자신의 잘못을
인정하진 않는다.

지금 당신은 충분히 다시 시작할 수 있다.

인생을 두 번 살아보지 않는 이상

우리는 실수투성이 삶을 살아갈 수밖에 없다.

나도 그렇고,

당신도 그럴 수 있다.

삶에
폭풍우가
몰아칠 때

힘들다는 감정은 짜증 날 정도로 아주 쉽게 온다.

하지만 또 그만큼 쉽게 가버리기도 한다.

그래서 그런가.

어느 시점부터 감정이 밑바닥을 찍더라도

이젠 크게 겁먹지 않게 되었다.

그건, 아무리 큰 힘듦이 오더라도

결국엔 오래 머물지 않는다는 걸 알았기 때문이다.

갑자기 들이닥치는 힘든 감정을 우린 막을 수 없다.

하지만 오래 머무르는 일도 분명 없을 거다.

아무리 거세게 불어오는 비바람일지라도

멈추는 날은 온다.

그리고 언제 그랬냐는 듯이 야속하게도

해가 뜨며 살랑이는 바람마저 불어올 것이다.

지금의 힘듦은,

곧 멈추는 날이 올 거다.

분명 사라지는 날이 온다.

그렇기에

우린 오늘도 버틸 수 있다.

이 한마디를
꼭 해주고
싶었습니다

말해주고 싶었다.

당신은 이 세상에 꼭 필요한 존재라는 것을.

그 누구도 대체할 수 없는 존재로서

세상이 당신을 원하고 있음을.

말해주고 싶었다.

당신은 너무 좋은 사람이라는 것을.

그렇기에 누구에게나 사랑받을 자격이

충분하다는 것을.

말해주고 싶었다.

당신은 세상을 바라볼 때 자만하지 않고
충분히 자신감이 넘치는 사람이라는 것을.
그렇게 당신의 믿음으로
당신 인생은 최고가 될 거라는 것을.

나는 말해주고 싶었다.

오늘부터 아무도 모르고 있었던 당신의 재능이
이제 세상을 향해 나타나기 시작할 것임을.

이 순간부터 당신이 원했던 모든 것이
하나씩 이루어지기 시작할 것임을.

나는 말해주고 싶었다.

당신이 지금 힘들어하고 있는 그 모든 일들,

그것들이 곧 당신 인생에 큰 전환점이 될 것임을.
그렇게 당신은 무한대로 성장할 것이며,
놀랍도록 발전하고 있다는 것을.

삶은 어떤 방법으로든 당신을 도울 것이며
당신은 더 이상 과거에 얽매이지 않고,
현재의 자신을 믿으며 살아가게 될 것임을.

나는 꼭 말해주고 싶었다.

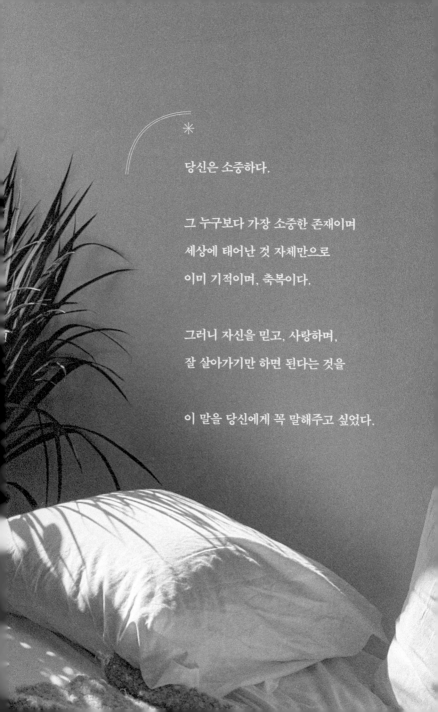

당신은 소중하다.

그 누구보다 가장 소중한 존재이며
세상에 태어난 것 자체만으로
이미 기적이며, 축복이다.

그러니 자신을 믿고, 사랑하며,
잘 살아가기만 하면 된다는 것을

이 말을 당신에게 꼭 말해주고 싶었다.

아름답고도
애틋한 당신의 삶을
응원하겠습니다

저는 제가 아무것도 아니라고 생각했습니다.

딱히 내세울 것 없는 아주 평범한 사람,

그 이상 그 이하도 아닌 딱 그 정도의 사람.

'지금 내가 잘하고 있는 게 맞을까?

지금 내가 잘 살고 있는 것이 맞을까?

도대체 어떻게 살아야 할까?'

이런 질문들을 수도 없이 던지며

의심하기를 반복했습니다.

그렇게 인생의 정답만을 좇으며 살아가다,

문득 이런 생각이 들었습니다.

'어쩌면 정답은 정해져 있는 것이 아니라
내가 만들어가는 것이 아닐까?'

삶을 잘 살아가는 방법을 찾는 것이 아니라,
힘겹게 살아내고 있는 것만으로도
이미 잘 살고 있는 것은 아닐까.

사람들은 저마다 자신이 생각지도 못한 일들을
묵묵히 이겨내며 살아갑니다.
그런 하루하루가 모여 우리의 삶에
큰 변화를 일으키기도 하죠.

변화는 늘 예고 없이 찾아옵니다.

해결되는 게 하나도 없어 막막할 때,
아무도 내 편이 아니라는 생각이 들 때,
이젠 그만둬야겠다, 포기하고 싶을 때,
그리고 세상이 너무 원망스러울 때.

그때, 삶의 가장 큰 변화가 당신에게 찾아올 것입니다.
그러니 꼭 살아내야 합니다.

어떤 순간에도 자신을 지키고, 믿으며 살아가길.
아름답고도 애틋한 당신의 삶을 응원하겠습니다.

지금껏 아껴왔던 부끄럽지만 소중한 저의 이야기를
나눌 수 있게 되어 진심으로 영광입니다.
셀 수 없을 만큼 많은 책들 중,

저의 이야기를 선택해주셔서

그 또한 너무 감사드립니다.

저의 진심이 조금이나마 당신 삶에 가닿았다면

그것마저도 당신이

마음을 활짝 열어주었기 때문입니다.

고맙습니다. 진심으로.

더 잘하고
싶어서,
더 잘 살고
싶어서

초판 1쇄 발행 2022년 3월 18일
초판 8쇄 발행 2024년 11월 1일

지은이 양경민(글토크)
펴낸이 이경희

펴낸곳 빅피시
출판등록 2021년 4월 6일 제2021-000115호
주소 서울시 마포구 월드컵북로 402, KGIT 19층 1906호

ⓒ 양경민(글토크), 2022
ISBN 979-11-91825-31-2 03810

• 인쇄·제작 및 유통상의 파본 도서는 구입하신 서점에서 바꿔드립니다.
• 이 책의 전부 또는 일부 내용을 재사용하려면
  반드시 사전에 저작권자와 빅피시의 서면 동의를 받아야 합니다.
• 빅피시는 여러분의 소중한 원고를 기다립니다. bigfish@thebigfish.kr